Fatima Talalini
Hoffnung & Keksteig

Hoffnung und Keksteig

Poetry-Slam- und Radio-Texte

Fatima Talalini

Erste Auflage 2022

Lektora GmbH
Schildern 17–19
33098 Paderborn
Tel.: 05251 6886809
Fax: 05251 6886815
www.lektora.de

Druck: MCP, Marki
Covermotiv: Carmen Körner
Covermontage: Carmen Körner
Lektorat & Layout Inhalt: Lektora GmbH, Denise Bretz
Printed in Poland

ISBN: 978-3-95461-224-6

Inhalt

I Intro 7
Was mir heilig ist 9

II Sehnsucht 13
Egal, woher 15
Aufräumen 17
Glauben und Träumen 21
Der Papst hängt in der Küche 25
Hunger 28

III Besser werden 31
Guter Mensch 33
Ich bin dagegen 35
Moderner Ablasshandel 38
Alles Kult? 40

IV Auf der Suche 43
Ich soll achtsam sein, ... 45
Hasenherz 47
Prüfungsphase 50
Pressefreiheit 53
Universum 58

V Kopfrauschen 61
Manchmal müde 63
Kleine Bib 65
So ein Glück 67
Panik 70

Dickes Fell 72

VI Hoffnung, Trost und Keksteig 75
Symbolbilder 77
Überraschungen 79
Schnaps und Keksteig 81
Katze 83
Im Oktober 86
Endlich Advent 88
Liebe, Harry 90

I Intro

Es gibt Zeiten, Orte und Menschen, die kleben sich im Hinterkopf fest. Schlimmer als Sekundenkleber, sie lassen sich nicht entfernen, fordern ihren Platz. Es gibt Zeiten, Orte und Menschen, die gehören zu einem wie das linke Knie oder das rechte Ohr. Fest angewachsen. Man nimmt sie im Alltag nicht immer unbedingt wahr, aber sie zu entfernen, geht nur mit wirklich schlimmen Schmerzen.

Was mir heilig ist

Hallo! Ich heiße Fatima und ich bin in Dortmund aufgewachsen.

Wenn man in Dortmund groß wird, lernt man schnell zwei Dinge. Erstens: Der BVB ist heilig. Da macht man keine Witze drüber, macht man einfach nicht. Und zweitens: Der Fußballgott ist ein gnädiger. Im Stadion oder anner Bude nebenan ist es egal, ob du Millionen oder gar nichts verdienst. Hauptsache, das Bier ist kalt, Hauptsache, die Liebe echt. Aus irgendeinem Grund mag ich aber weder Bier noch Fußball – ich weiß wirklich nicht, was da schiefgelaufen ist. Vielleicht ist meine Familie einfach zu religiös, um Fußball als lebensfüllend wahrzunehmen. Mit meinem polnisch-schlesisch-arabischen Migrationshintergrund wollen die Menschen meistens ohnehin nicht von mir wissen, was mir heilig ist. Sie wollen wissen, ob ich denn Schweinefleisch esse oder nicht. Sie wollen wissen, ob ich denn auch Weihnachten feiere und warum ich kein Kopftuch trage.

Meine Mutter ist katholisch. Sie bringt mir immer ein bisschen Segen aus der Kirche mit. Am besten finde ich den Blasiussegen, den gibt's aber nur einmal im Jahr. Der Heilige Blasius schützt vor Halskrankheiten, das kann ich gut gebrauchen. Vor langen Reisen oder bei Prüfungen malt sie mir mit dem Finger ein Kreuz auf die Stirn.

Mein Vater ist muslimisch. Er betet fünfmal täglich und legt ein gutes Wort für mich ein. Von ihm bekomme ich bei jedem Abschied ein »Gott schützt dich« mit auf den Weg. Obwohl ich selbst nicht religiös bin, sind mir diese Momente wichtig. Ich fühle mich dann geliebt und beschützt. Aber en vogue ist das nicht.

Von meinen Freundinnen bin ich die einzige, die Allerheiligen mit der Familie auf den Friedhof geht. Für die allermeisten in meinem Umfeld ist Christi Himmelfahrt ein Synonym für freihaben. Manchmal frage ich mich, ob wir das Heiligtum nicht irgendwann wegaufgeklärt haben werden. Ich bin schließlich eine von diesen jungen modernen Menschen. Wir laufen mit schicken, hippen Brillen durch die Welt, mit Jutebeuteln, veganen Turnschuhen, Bambusbechern für den Coffee-to-go. Wir brauchen WLAN, genug Speicherplatz und einen starken Caffè Latte, um zu funktionieren. Wir sind die Generation Bartwachs. In den WG-Zimmern steht die alte Einrichtung von Oma neben Regalen von Ikea. Auf den Partys in der Küche spricht man über Weltliteratur und Netflix, über sich nicht entscheiden können bei all den Möglichkeiten und die nächste Weltreise zu Selbstfindungszwecken. Wir sind die Generation Alles-ist-möglich und möchten Sie noch Kakaopulver oben drauf? Wir wollen einen guten Job, gerne zur Arbeit gehen, aber vorher erst noch uns selbst verwirklichen und in diesem einen tollen Projekt für gute Zwecke mithelfen.

Ist bei all dem, was wir schaffen müssen, weil wir es können und es ja verschwendet wäre, wenn man die Möglichkeit nicht nutzt, ist bei all dem noch Zeit für Heiliges? Es gibt keine Rätsel, was wir nicht wissen, googeln wir, was wir nicht können, lernen wir mit YouTube.

Trotz all der Möglichkeiten habe ich etwas in mir, das mir meine Eltern mitgegeben haben, etwas, das es nicht bei Amazon zu kaufen gibt. Ich habe einen kleinen goldenen Ball irgendwo zwischen meinen Rippen. Ein kleiner goldener Ball voller Liebe und Zuversicht. Früher hätte man vielleicht Gottvertrauen dazu gesagt, aber das passt in meinem zervielfalteten Fall nicht so richtig.

Es ist so, dass wenn ich weit weg von zuhause bin, wenn ich nicht so richtig weiterweiß, dann spüre ich die Hand meiner Mutter, wie sie ein kleines Kreuz auf meinen Kopf malt. Ich höre meinen Vater die Gebete murmeln und ich weiß dann: Alles wird gut.

II Sehnsucht

Wie auch immer du aussiehst,
Was auch immer du kannst,
Wo auch immer du lebst,
Ich mag deine Seele.
Ich mag deine Liebe.
Ich mag deinen Mut.
Bitte bleib ehrlich.
Und bitte bleib gut.

Egal, woher

Es ist mir ganz egal, woher du kommst,
und ganz egal, wohin du gehst.
Wenn wir uns treffen, will ich nur wissen,
wofür schlägt dein Herz?
Wohin will dein Kopf,
was können deine Hände?
Es ist nicht wichtig, was in deinem Pass steht,
wen interessiert schon deine Sprache?
Oder der Ort, an dem du zum ersten Mal geatmet hast.
Ich will nicht wissen, unter welcher Flagge deine
Regierung steht.
Oder welche Währung deinen Beutel füllt.
Ich will wissen, wofür du brennst,
was dich zum Lachen bringt und was zum Weinen?
Ich will wissen, ob du lieben kannst.
Was dich zum Jauchzen bringt und was zum Rasen.

Es ist mir ganz egal, wie du aussiehst,
und ganz egal, wie du dich kleidest.
Es ist nicht wichtig, wo du deinen Pulli gekauft hast
und wie viel Gold du für deine Schuhe kriegst.
Ich will nur wissen, wofür schlägt dein Herz?
Wohin will dein Kopf? Was können deine Hände?

Es ist nicht wichtig, was für Orden du in deiner Vitrine stehen hast, sie ist aus Glas, nur aus Glas, aber du bist aus Fleisch und Blut, du hast einen Kopf und ein Herz und vielleicht eine Seele, wer weiß.

Du hast Ideen und Ideale, du weißt einfach so, was richtig und was falsch ist, einfach so.

Du kannst Gerechtigkeit spüren und Ungerechtigkeit schmecken, weil die wiegt schwer – bitter und schal wie altes Bier, du kannst sie ganz genau schmecken.

Es ist mir ganz egal, ob du 1.000 Kilo stemmen kannst oder nicht mal das Alu vom Joghurtbecher kriegst.

Es ist mir ganz egal, wen du liebst oder wie. Solange du liebst, bist du doch eins mit allem!

Es ist mir egal, ob du daran glaubst, dass Gott oder das Universum oder das Schicksal oder dein Bauch dir den Weg weisen, solange du ihn gehst.

Es ist mir egal, wie alt du bist. Ich müsste dich aufschneiden und die Jahresringe zählen, doch wozu?

Ich will wissen! Was hast du erfahren? Was kannst du erzählen? Was kannst du fühlen? Was berührt dich?

Sie wollen immer Beweise. Einen Pass. Eine Nationalität, ein Geschlecht und ein Alter. Einen Lebenslauf und ein Zeugnis. Schwarz auf weiß entscheidet über dich und mich. Entscheidet über Frieden oder Krieg, entscheidet über Recht oder Unrecht, über Stacheldraht oder Offenheit, über weite Wege oder Abgründe, über offene Türen oder Wände.

Sie wollen immer Beweise.

Aufräumen

In einer Ruhrgebietsstadt treffen wir alle aufeinander und wir tragen Filzröcke und Baggy Pants, trinken Pfefferminztee und Sojalatte, lesen Foucault oder Schundromane – und niemanden interessiert's.

Aber dann kommt der Augenblick, der immer kommt, in der Schule und in der Kneipe, eigentlich bedeutungslos, ohne wehende Fahne, ohne Fanfare, der Augenblick ist ganz klein. *Ey, bist du Türkin oder was?*, fragt die eine Seite dann und blickt mich an und ist schon bereit, Brüderschaft zu trinken.

Aber ich sage *Nein*, fast schon bedauernd. Und ich werde fragend angeblickt, also setze ich an:

Mein Papa kommt aus Syrien, deshalb der Name, und meine Mama ist Polin, also eigentlich Schlesierin, ihre Eltern waren zwar Deutsche, aber nach dem Krieg wurde das polnisch und sie war auch so ein bisschen zwischen den Fronten mit deutschen Eltern im feindlichen Gebiet, so, wie ich hier manchmal stehe und versuche, das zu erklären.

Ich bin geschmeichelt, dass sie mich in ihre Gruppe aufnehmen will. Und es ist okay, irgendwie haben wir ja doch irgendwas gemeinsam. Aber wieso ist die erste Frage immer die nach meiner Nationalität? Nie fragt einer: *Und wovon träumst du so?*

Und die andere Seite kommt dann mit: *Oh, Sie hätte ich mir aber ganz anders vorgestellt, Sie sehen ja gar nicht so aus, wie sie heißen.*

An jeder Ecke ein Kebabladen und ich sehe nicht so aus, wie ich heiße.

Wo kommen Sie denn her?

Aus Dortmund.

Nein, ich meine wirklich.

Aus meiner Mutter.

Doch die andere Seite ist meistens sehr interessiert, sehr aufgeschlossen.

Also ich meine Ihre Wurzeln!

Ja, also mein Papa kommt aus Syrien, deshalb der Name, und meine Mama ist Polin, also eigentlich Schlesierin, ihre Eltern waren Deutsche, aber nach dem Krieg wurde das polnisch, und irgendwann gingen sie als Spätaussiedler in die Bundesrepublik und deshalb bin ich hier.

Und sprechen Sie denn Arabisch?

Nein, leider nicht richtig, aber ich kann Apfel sagen: Tufaha. Und bevor Sie fragen, Polnisch spreche ich auch nicht. Ich bin nämlich nicht nur voller Migrationshintergrund, ich bin auch noch ein Scheidungskind. Und ich hatte so ein Schlüsselband. Es war pink, mit Diddl drauf, und ich mochte es gern.

Aber was beschwere ich mich, meine Mama hat's noch schwerer. Sie ist eine kleine, liebe Bibliothekarin mit Brille, hat einen schlesischen Akzent und einen arabischen Nachnamen auf dem Schild auf der Brust. Mama sagt, sie sieht es den Leuten an, wie sie auf ihr Namensschild schauen, dann in ihr Gesicht, und versuchen, diesen Akzent mit der Frau mit dem Namen zu verbinden. *Wie kann ich Ihnen behilflich sein?*

Am schlimmsten ist es, wenn ich wirklich einen Araber treffe.

Ah, Fatima, bist du Muslima?

Nein.

Und deine Eltern?

Ja, mein Papa ist muslimisch und meine Mama katholisch.

Also bist du auch Muslima?

Nein.

Aber deine Eltern?

Ja, also mein Papa kommt aus Syrien, deshalb der Name, und meine Mama ist Polin, eigentlich Schlesierin, ihre Eltern waren Deutsche, aber nach dem Krieg wurde das polnisch, und die beiden haben sich in Dortmund getroffen und ich glaube nicht an eine Religion, sondern an das Gute.

So wie in der fünften Klasse, als ich gefragt wurde, ob es meine Eltern auch wirklich nicht stört, wenn ich wie alle anderen Kinder auf der Weihnachtsfeier ein Gedicht aufsage.

Man braucht ja schon etwas, woran man sich halten kann. Ich bevorzuge das Schild der U-Bahn. Es leuchtet hell und konstant, den Städtern ihre Richtung weisend, und manchmal ist das Leben selbst wie eine Fahrt mit der U-Bahn.

Es ist mühevoll und anstrengend, bis zum letzten freien Sitzplatz zu gelangen. Und man kämpft mit Taschen anderer Leute, wird übermütig und auf einmal bremst die Bahn ab und man wird volle Kanne nach hinten an die Heckscheibe geschleudert, von wo man mit offenem Mund und ekligem Quietschgeräusch ganz langsam wieder abrutscht.

Und wenn man einfach nur an seiner Stange steht und auf die nächste Station wartet, macht die Bahn schwungvoll den letzten Meter und wirft alle nach vorn, obwohl sie nur mal gucken wollten. Und wenn die Tür dann langsam aufgeht, wird man manchmal von der Masse der Pendler mit rausgeschleppt, und manchmal geht man ganz langsam und vorsichtig hinaus mit dem Gefühl, die falsche Station erwischt zu haben.

Ey Syrien, boah, das tut mir voll leid für dich, sagt die eine Seite wieder und gibt mir eine Fruchtschorle aus, weil ich zwar aus dem Ruhrgebiet komme, aber kein Pils mag. Ich weiß auch nicht, was schiefgelaufen ist. Und ich frage sie, ob sie denn Türkin ist und was sie von der Situation dort hält. Und wir reden und ich bin froh, dass mein Papa einen deutschen Pass hat und aus Aleppo über die Türkei ausreisen konnte, als der Krieg anfing. Aber ich möchte auch kotzen, weil Nationalität doch kein Status sein kann, weil doch alle Menschen gleich und verschieden sind. Weil es allen doch scheißegal sein kann, wie sich mein Name anhört und ob ich als Kind fünf oder keine Sprache gesprochen habe und ob ich von der kulturellen Vielfältigkeit viel gelernt habe oder nicht. Und ich will meine Kultur nicht vertreten müssen an Multikulti-Tagen, weil sich meine Kultur nicht aus einer Sprache, einem bestimmten Gericht und einem Eintrag im Pass definiert.

Und weil mir das zu viel wird, verabschiede ich mich von der einen und der anderen toleranten Seite und gehe nach Hause, kaufe mir einen Falafel und einen Prince-Polo-Schokoriegel und freue mich, dass ich für meine Meinung kein Tränengas bekomme und dass für meine Wunden in einem echten Krankenhaus gesorgt wird.

Und bevor ihr fragt, ob ich denn Schweinefleisch esse: Nur dann, wenn das Schwein friedlich und mit Aufenthaltsgenehmigung geschlachtet wurde.

Glauben und Träumen

Viele Männer standen auf Socken in Reihen nebeneinander, sie legten die Hände hinter die Ohren an den Kopf, um das Gebet zu beginnen, und falteten sie dann auf dem Bauch. Es war warm und sicher.

Ich zeichnete mit den Fingerspitzen die wunderschönen Ornamente des flauschigen, raumfüllenden Teppichs nach.

Man hat mir gesagt, woran ich zu glauben habe.

Man hat es mir erklärt, da gibt's Gott, der ist überall und passt auf, der weiß alles und sieht alles und wenn man betet, wird alles gut. Und wenn man betet, kommt man ins Paradies. Und wenn man betet, ist man nicht mehr allein.

Und man hat mir gezeigt, wie man sich waschen muss, damit es funktioniert. Gesicht, Mund, Nase, Hände bis zum Ellenbogen, Kopf und Füße. Und man hat mir beigebracht, was man sagen muss, und man hat mir gezeigt, wie man steht, wie man sich hinkniet.

Viele Menschen standen nebeneinander, dick in ihre Wintermäntel eingepackt und hielten die roten Büchlein fest, sie sangen, so gut sie konnten, ich beobachtete die wunderschönen Kerzen und die Sterne, die einen Stall und Tiere und einige Menschen beleuchteten.

Man hat mir gesagt, woran ich zu glauben habe.

Man hat es mir erklärt, da gibt's Gott, der ist überall und passt auf, der weiß alles und sieht alles und wenn man betet, wird alles gut. Und wenn man betet, kommt man in den Himmel. Und wenn man betet, ist man nicht mehr allein.

Und man hat mir gezeigt, wie man auf Holzbänken sitzt und sich hinkniet und Weihrauch atmet und wie man sich bekreuzigt. Und wie man eine Oblate bekommt und wie man erzählt, was man falsch gemacht hat, und wenn man zehnmal Vaterunser sagt, wird alles wieder gut.

Viele Kinder saßen auf Holzstühlen an Tischen nebeneinander. Sie hielten die Füller, so gut sie konnten, schrieben Formeln und Jahreszahlen ab.

Man hat mir gesagt, woran ich zu glauben habe.

Man hat es mir erklärt, da gibt's Jobs, die sind knapp und erwarten viel. Aber wenn man lernt, wird alles gut. Und wenn man lernt, kommt man in die hohen Gehaltsklassen. Und wenn man das geschafft hat, ist man nicht mehr allein.

Und man hat mir gezeigt, was ich zu schreiben und zu sagen habe, damit die Noten gut werden.

Und ich weiß jetzt, wie man Mappen anlegt und wie man Papier locht, wie man Folien beschriftet, und ich kann PowerPoint-Präsentationen erstellen mit verschiedenen Farben, ich kann Texte in Abschnitte einteilen und jedem eine Überschrift geben, um dann am Ende die wichtigsten Blätter der Welt abzugeben, die über meine Zukunft entscheiden.

Die Bundeswehr hat mir und allen meinen Mitschülerinnen kurz vorm Abitur einen Brief geschickt.

Komm zu uns, hier ist es cool, stand da drin. Und mit dabei war eine Liste mit dem sich steigerndem Gehalt, das ich in den nächsten zwanzig Jahren dort bekommen würde.

Gott ist groß, sagen die einen, und alles wird gut.

Komm, Herr Jesus, sagen die anderen, und alles wird gut.

Studier mal ordentlich was und mach einen Doktortitel, sagt meine Schule, und alles wird gut.

Lern bei uns, wie man schießt, verdien viel Geld, sagt die Bundeswehr, und alles wird gut.

Werd Mitglied bei uns, mit nur 20 EUR bist du dabei, sagt meine Bank, und alles wird gut.

Mein Herz ist verwirrt. Es weiß, woran es zu glauben hat, doch es sagt so, ey, Fatima ich will doch auch träumen. Und ich so, ja, ich auch. Mein Herz und ich, wir sind ratlos, wir wollen es richtig machen und wir wollen, dass alles gut wird.

Und ich hab ganz genau gelernt, wie alles gut wird. Ich muss mich waschen und dann beten und mich dann hinknien und meine Arbeitsblätter gelocht in einen roten, mit meinem Namen beschrifteten Schnellhefter tun und dann geh ich zur Bundeswehr und verdiene viel Geld, das ich dann meiner Bank gebe, die mich dann Mitglied nennt, und dann schließe ich eine Renten- und eine Krankenversicherung ab, kaufe ein Auto, ein Haus, heirate einen Mann mit einem monatlichen Gehalt.

Erst Hund, dann Kinder. Und dann wird alles gut.

Waschen, beten, hinknien, Arbeitsblätter, Bundeswehr, Geld, Versicherung, Auto, Haus, Mann, Hund, Kinder. Hab ich was vergessen?

Da funktioniert was nicht.

Du willst predigen, dass dein Gott der Beste ist, ich will glauben dürfen, was ich will.

Du willst mich zwingen, deine Formeln zu lernen, ich will lesen, was mich begeistert.

Du willst wochentags nach zehn meiner Musik nicht mehr lauschen, ich will nach '45 keine deiner Parolen mehr hören.

Du willst deinen Müll lieber verbrennen statt verschenken, ich will nichts unnötig wegschmeißen.

Du willst besitzen, ich will lieber teilen.

Du willst unter deinesgleichen bleiben, ich will den Kontrast.

Du willst sie alle ausweisen, ich will sie alle einladen.

Ey, Fatima, sagt mein Herz, da stimmt doch was nicht. Ja, Herz, sage ich, irgendwas läuft schief.

Kinder, die was wollen, kriegen eins auf die Bollen.

Aber ich will. Ich will tausend und eine Nacht mit Zucker an der Nasenspitze und den Füßen in den Wolken. Ich will kitschig sein dürfen. Wenn Scheherazade mit Geschichten ihr Leben rettet, können wir alle locker neue Tage spinnen, Seemannsgarn haben wir mehr als genug!

Ich will einen Kopf voller Träume und ein Herz, das träumen kann. Und ich will glauben dürfen, was mein Herz träumt.

Kinder, die was wollen, kriegen eins auf die Bollen.

Und wenn meine Bollen grün und blau geschlagen sind – der Wille bleibt.

Der Papst hängt in der Küche

Für mich gibt es nur einen Papst: Johannes Paul II. Bzw. für mich gab es lange Zeit nur diesen einen, meine gesamte Kindheit lang. Er hängt in der Küche meiner Mutter, an der rechten Wand über dem kleinen Frühstückstisch. Rechts vom Papst steht die Mikrowelle, links neben ihm hängen die Mutter Gottes und ein Kinderfoto von mir, so eins, wo die Fotografin in den Kindergarten gekommen ist, es gibt einen gelben Hintergrund und ein großes Holzrad, warum auch immer. Eigentlich hängt da auch nicht Johannes Paul II., dort hängt Jan Paweł Drugi, der polnische Papst. Ich habe für diesen Text meine Mutter angerufen und sie gefragt, wie man es polnisch ausspricht, das hatte ich bisher nie gefragt.

Wir haben generell nicht viel über den Papst gesprochen, so wie man auch nicht über die Schrankwand spricht – sie ist halt einfach da. Nur meine protestantisch bis heidnischen Freundinnen haben schon mal gefragt, *wer ist das denn, ist das dein Opa? Nö, das ist der Papst,* hab ich dann immer gesagt und einen Blick bekommen à la: Die spinnen, die Katholiken.

Erst viel später habe ich vom Vatikan erfahren, von der Macht der Kirche als Institution. Habe ungläubig im Geschichtsunterricht nachgefragt – *Deutschland zahlt den beiden großen Kirchen immer noch Geld für die Enteignungen von Achtzehnhundertirgendwas??* Ich habe am Rande mitbekommen, wie Benedikt Papst wurde und dann Franziskus, aber von denen hängen nun mal keine Bilder bei meiner Mutter in der Küche.

Papst Johannes Paul II. hat mitbekommen, wie ich in die Grundschule und später auf die weiterführende kam. Er hat meinen Schulabschluss mitbekommen, unter seinen Augen habe ich die Briefe der Unis geöffnet, an denen ich mich beworben hatte. An seinem Tisch wurde jeder Geburtstagskuchen gebacken, jede Fuhre Weihnachtsplätzchen.

Vor zwei Jahren war ich die Trauzeugin bei der Hochzeit meiner Freundin, die Trauung war evangelisch. *Ist das denn okay, ich bin ja nicht mal getauft*, habe ich sie gefragt. *Ach, wenn einer fragt, sagen wir, dass der Papst bei euch in der Küche hängt, das ist fromm genug*, hat sie gesagt und wir mussten lachen.

So konfessions-egal wie sie sind natürlich nicht alle Gläubigen, vielleicht sogar eher die wenigsten. Aber ich wünsche mir das manchmal heimlich: dass Glaube und Gemeinschaft weniger mit Stempeln zu tun hätten. Wäre das nicht fantastisch, wenn es eine Religion für alle gäbe? Lasse ich wieder 2.000 Jahre Kulturgeschichte außer Acht?

Keine Sorge, ich wünsche es mir ja nur heimlich.

Wenn der Vatikan wie in der vergangenen Woche ein Gesetz bekämpft, dann kommt ja auch die Realität ganz schnell zurückgegrätscht. Da plant Italien ein Gesetz gegen Diskriminierung von Homosexuellen und trans Personen und plötzlich gibt es einen formellen Protest des Vatikans, die vatikanischen Mühlen mahlen offenbar schnell, wenn es um die anderen da draußen geht. Ganz anders als bei der Aufklärung des Missbrauchs in den eigenen Reihen.

Aber im Grunde hat der Vatikan auch nicht so viel zu tun mit dem Papst aus meiner Kindheit – der hätte doch niemals ein Gesetz bekämpft, das GEGEN den Hass ist, da sind wir uns ganz einig, ich und das Ich meiner Kindheit.

Hunger

Alle vier Stunden ist es bei mir so weit: Ich bekomme Hunger. Und ich meine damit wirklich HUNGER. Existenzbedrohenden, alles unter sich begrabenden, alles umfassenden Hunger. Ich kann mich nicht mehr konzentrieren, ich bin genervt, ich bin traurig, wütend, verzweifelt.

Eine Freundin sagte mir mal, dass ich im Grunde den Rhythmus eines Babys habe, die müssten auch sehr regelmäßig essen, und wenn das nicht SOFORT passiert, dann geht das Geschrei los. Ich schreie inzwischen nicht mehr – meistens jedenfalls. Allerdings kann es schon passieren, dass ich einen grundlosen Streit beginne, vorzugsweise mache ich das bei Menschen, die mir wirklich wichtig sind, das Gezanke muss sich ja auch lohnen.

Deshalb haben mein Freund und ich für die Momente, in denen ich im Begriff bin, einen Streit zu beginnen, eine Sicherheitsfrage eingeführt. Sie lautet: Wann hast du zuletzt gegessen? Wenn es vier Stunden oder mehr sind, essen wir erst mal was. Meistens hat sich das Thema damit erledigt. Wenn das letzte Essen weniger als vier Stunden her ist, darf ich den Streit beginnen. Feuer frei, sozusagen.

Früher habe ich noch versucht, mich in Askese zu üben. Um es diplomatisch auszudrücken: Das hat nicht funktioniert. Inzwischen lautet meine Strategie: Tupperdosen. Ohne eine Banane, ein geschmiertes Brot und Apfelschnitze verlasse ich nicht mehr das Haus. Manchmal frage ich mich, ob mein Stoffwechsel heimlich nach mehr verlangt als nur nach Essen und es nicht anders ausdrücken kann.

Vielleicht habe ich Hunger auf meine Freundinnen und Freunde, die ich seit Ewigkeiten nicht außerhalb eines Computerbildschirmes gesehen habe. Vielleicht habe ich Hunger auf mehr gut überlegte Worte, auf gutes Zuhören und echtes miteinander Reden. Zumindest weiß ich, dass ich das Rumgepöbel satthabe, es liegt irgendwie quer im Magen, so wie Fast Food: Es ist schnell gekauft, sieht erst mal toll aus, aber lässt einen unzufrieden zurück. Vielleicht habe ich Hunger nach mehr Gerechtigkeit. Ich habe diese Hilflosigkeit so satt, wenn ich von Unrecht lese und mich frage, was ich denn nur tun kann.

Ich habe Hunger auf Inspiration jenseits meines Homeoffice-Ausblicks, Hunger nach kleinen Gesprächen nebenbei an der Kaffeemaschine mit der Kollegin oder in der Umkleide beim Yoga, diese kleinen Minigespräche, ungeplant und manchmal so bereichernd. Manche Menschen tragen ihr Herz auf der Zunge, ich glaube, meines sitzt im Bauch, sehnsüchtig wartend, dass es endlich satt wird, dass ENDLICH ALLE satt werden.

Meine größte Hochachtung geht raus an alle fastenden Muslime, alle fastenden Christen, alle disziplinierten Detoxler: Ramadan Kareem, fröhliche Ostern und Oohm! Ihr seid meine Heldinnen und Helden.

III Besser werden

Wer in den 2000er Jahren in Dortmund aufgewachsen ist, kennt die »Jesus rettet«-Frau. Eine kleine, hutzelige, alte Frau, die mit einem großen »Jesus rettet«-Schild und kleinen Schritten die Dortmunder Fußgängerzone auf und ab getapert ist. Sie rief immer mit leiser Stimme: »Das wichtigste ...!« Natürlich haben wir nie angehalten, um uns anzuhören, was das Wichtigste sei. Aber als sie plötzlich weg war, fiel allen auf, dass da irgendwer fehlt.

Guter Mensch

Ich fahre Fahrrad, habe immer einen Becher für den Kaffee zum Mitnehmen dabei, immer einen Beutel für die Einkäufe, ich habe eine Flasche für Leitungswasser und ein ganzes Arsenal an Plastikdosen und Glasbehältern. Taschentücher, Toilettenpapier, Kalender, Notizbücher, alles brav recycelt – natürlich nur mit blauem Engel drauf.

Ist das Bio? Ist das vegan? Habt ihr auch Sojamilch? Wo kommen denn die Eier her? Gibt's das auch in vegetarisch? Kann man da mit Öffis hinkommen? Ist das LED? Ist das ohne Kohlestrom? Wo geht's denn hier zur Demo? Haben Sie keine ohne Plastik?

Ich dachte immer, ich mach das ziemlich gut mit dem Nachhaltigsein. Endboss: Weltretten.

Aber manchmal scheine ich zu scheitern. Dann geht mir dieses ganze Bambus-Fairtrade-Jute-guck-wie-toll-und-nachhaltig-ich-doch-bin so dermaßen auf die Nerven, dass ich Lust hätte, im Biosupermarkt die Petersilienwurzeln aus dem Regal zu pfeffern. Ich will mein Fahrrad in die Ecke knallen, Weckgläser zerdeppern, meinen Hipster-Dutt abschneiden, den Jutebeutel zerreißen. Und ich will rufen: Wann ist es denn nun endlich so weit? Wann haben wir die Welt denn nun gerettet?

Immer brav recyceln, immer brav ablehnen, nein danke, ich ess kein Fleisch, nein, Gelatine auch nicht. Immer gucken, wo was herkommt! Immer boykottieren, immer belächelt werden, mich immer erklären müssen.

Sobald sie mitbekommen, dass mir das alles wichtig ist, haben sie nur ein Ziel: Sie wollen beweisen, dass ich scheitere. Dann kommen sie mit ernsten Mienen: diese selbst ernannte Ökopolizei, diese Armee der Fleischesser, das Heer der Wegwerfkleidungsträger. Zwischen den Zähnen klebt der Burger aus Massentierhaltung, die Uniformen sind von blutigen Kinderhänden genäht, in großen, lauten Diesel-SUVs rücken sie vor – schauen ganz genau hin: Was hast du da an? Ist das wirklich alles fair gehandelt? War das nicht ein Gelatine-Gummibärchen in deiner Hand? Nee, dich nehm ich nicht mit, du fährst doch Fahrrad!

Manno! Ich hab doch nie behauptet, perfekt zu sein! Ich hab sie nicht gebeten, mich zu kontrollieren. Und ich hab sie nie gezwungen, mitzumachen.

Ich versuch es halt. Immer ein kleines bisschen besser. Ein guter Mensch zu sein. Nachhaltig zu sein. Irgendwo und irgendwie muss ich ja damit anfangen. Die Welt zu retten. Am besten doch bei mir selbst.

Und dann schaffen wir das doch! Das mit dem Weltretten. Irgendwann.

Nachhaltig sein, das ist nachhaltig anstrengend, ätzend und nervig.

Aber nachhaltig auch die einzige Lösung.

Ich bin dagegen

Ich bin dagegen. Ich verachte Massentierhaltung, Rechtsextremismus und Umweltverschmutzung. Ich bin gegen Atomkraft, gegen Fleischessen, gegen BWL-Studenten und Kapitalismus. Ich bin gegen Mützen aus Marderhundfell, die billiger sind als Kunstflausch, und gegen Leute, die zu viel saufen.

Ich bin gegen laute Nachbarn und rücksichtslose Bahnfahrer. Ich meine: *erst aussteigen lassen*. Ist das so schwierig?

Ich bin gegen dumme Menschen, die Offensichtliches aussprechen. *Die S-Bahn hat Verspätung*. Ja, wir wissen es. Wir stehen hier nicht zur spontanen Party am Bahnsteig, unsere Ohren sind nicht verödet, wir haben die Durchsage auch gehört.

Ich bin gegen die Politik. Die machen nur Mist und kriegen dafür Geld von uns.

Sagst du mir.

Sagst du mir, während du trotzdem nach der Disko Döner isst und dich im RE 1 vordrängelst, damit du ja einen Sitzplatz kriegst für die ganzen zehn Minuten Zugfahrt von Dortmund nach Bochum.

Sagst du, obwohl du auch bei H&M und Hollister einkaufst, obwohl du nicht mal wählen gegangen bist und keinen Waffelteig gemacht hast für den guten Zweck. Du hast noch nicht mal ne Waffel gekauft. Du bist rausgegangen und hast Pokémon gesucht und ein Foto davon mit deinem iPhone gepostet.

Ich bin gegen Kinderarbeit und gegen Lungenkrebs bei den armen Tabakbauern in der dritten Welt. Sagst du mir und rauchst trotzdem deine blauen Gauloises und stampfst sie mit der Spitze deiner Nikes aus.

Ich bin gegen Steuerhinterziehung und Konzernlügerei. Sagst du mir, während du FIFA spielst und deinen VW Polo fährst.

Ich bin dagegen, sagst du mit dieser furchtbar politischen Miene. Mit diesem immer gleichen »Ach, wie ist das Wetter schlecht/die Uni kacke/die Kollegen faul/die Kinder dreist/die Menschen dumm«-Gefasel.

Und jetzt?

Hat dein Dagegensein schon was bewirkt? Hat deine Ablehnung schon einen Menschen geändert?

Hat es je was gebracht, den Menschen, die dir nicht gefallen, auf die Schuhe zu spucken?

Es bringt was, mal jemandem den Vortritt zu lassen. Es bringt was, regionalen Krams zu kaufen. Es bringt was, einem hilflosen Menschen am Hauptbahnhof den Weg zu zeigen. Es bringt was, jemanden auf seinem Ticket mitzunehmen, den Euro fürs Schließfach zu leihen, Secondhand oder fair zu kaufen, den Beutel statt Plastiktüten, die Nachbarn zu grüßen, Fahrrad statt Bus, ein Gespräch statt beleidigt sein, ein Lächeln statt einer Beschimpfung.

Sag was, wenn jemand Scheiße labert! Aber sag nicht nur, dass es scheiße ist, sag auch, wie's besser geht! Sei dagegen und dann mach's anders!

Ich will mich nicht verstecken hinterm Bildungsbürgertumgelaber. In der Uni muss ich das, was ich schreibe, beweisen. Lasst uns beweisen, dass das, was wir schreien, richtig ist. Weil Taten lauter sprechen als Worte, müssen wir reden und handeln, protestieren und ändern.

Ich bin für Protest. Er ist so wichtig. Aber genauso wichtig wie Protest ist es, mit den Möglichkeiten, die wir haben, die guten Dinge zu unterstützen. Die guten Menschen zu stärken.

Weil Türen bauen besser funktioniert, als Wände einrennen.

Moderner Ablasshandel

Wenn ich zu viel Netflix geschaut habe, kann ich das dann mit Gedichte-Lesen ausgleichen? Darf ich online Schuhe bestellen, wenn ich vorher auf dem Wochenmarkt einkaufen war? Darf ich dich anschreien, wenn ich sonst immer nett zu dir bin? Und ist ein Stück Fleisch okay, wenn es sonst immer, wirklich immer, Gemüsepfanne ist? Ich hab das Gefühl, dass moderner Ablasshandel ein Geschäftsmodell geworden ist. Drei Bäume pflanzen, dafür nach Mallorca fliegen. iPhone voller blutiger Rohstoffe? Gut, dass Apple jetzt die Wälder schützt! Oder so wie die wunderbare Werbe... (räusper) *Klimaschutz*aktion vom Anfang diesen Jahres: 1 Cent mehr pro Liter Diesel und, schwupps, freigekauft. Danke, Shell!

Ich frage mich, ob diese Klimarechnungen wirklich aufgehen? Wer garantiert mir, dass meine gepflanzten Mallorca-Bäume die nötigen 100 Jahre CO2 binden, um meinen Flug zu kompensieren? Was, wenn die Bäume krank werden? Wenn es eine Dürre gibt oder Rodungen oder einen Sturm? Zum Glück konnte ich die schlechten Mathenoten in der Schule immer mit Deutsch ausgleichen ... aber ich habe auch gelernt: Dispokredit lohnt sich einfach nicht. Trotzdem ertappe ich mich bei dem Gedanken, nur ein Ü-Ei, die sind so lustig! Sonst kauf ich ja auch immer fairtrade ... eine kleine Klimaabgabe ist besser als nichts!

Und ich esse ja auch manchmal vegan, fahre manchmal Fahrrad und neulich bin ich auch wirklich am Biosupermarkt – vorbeigegangen ... Alles nette Anfänge, ich weiß ... Ich weiß, das sollten keine Anfänge bleiben. Aber ich hab's doch so gut gemeint! Das Werbeplakat sah wirklich so schön grün aus und der Wald, den ich gerettet habe, wirkt besonders frisch und saftig und glänzt in dem Prospekt! Es ist ein bisschen so wie mit dem Zähneputzen: Klar ist »eigentlich immer« putzen besser als »nie« putzen. Aber um keinen Karies zu bekommen, muss ich halt »immer« putzen ... So gemein.

Alles Kult?

Hey George, es wäre mal wieder Zeit für Veränderung.

Wir laufen durch die Straßen mit Kabeln im Ohr und Computern in den Taschen.

Google weiß, wo wir sind,
und wir wissen, dass wir müssen.

Wir machen das gut, wir passen irgendwie in das, was sich so Gesellschaft nennt.

Noch ein Kaffee und ich gehe auf Warpgeschwindigkeit. Hey, ich bin kein Trekki! Aber Captain Janeway hat's drauf! Und Star Trek ist nicht retro! Es ist Kult.

Hey Janeway, es wäre mal wieder Zeit für Veränderung. Zeit für faire Löhne und Chancengleichheit, Zeit Rassismus abzuschaffen.

Aber wir laufen durch die Straßen mit Kabeln im Ohr und dem Wissen der Welt in uns'ren Taschen. Und ganz oft nutze ich es nicht.

Keiner muss sich übergeben, die 90er sind vorbei.

Ich zahle Rente und Versicherung, es gibt Deo für die Füße, die Spitze der Dekadenz sind meine Probleme. Wenn ich Kellog's esse, hör ich den Fernseher nicht mehr.

Also raus aus der Nostalgie, der ewig gleichen Verehrung von Bowie oder Beatles. Ich hab keinen Bock mehr auf Starbucks-Riten mit Sahnehaube und Karamell.

Es wäre mal wieder Zeit für Veränderung, Zeit für eine Revolution!

Doch statt A-C-A-B werden wir dirigiert vom B-A-M-A Bologna-Takt.

Preußische Jahrgänge üben mit Parolen von gestern.
Wären wir wirklich Brüder und Schwestern im Geiste,
wäre dann nicht irgendwas anders?

Wenn die Bahn nicht fährt, wenn der tägliche Coffee-to-go ausfällt, weil Starbucks (Gott bewahre) auch mal zu hat, wenn keiner dir ein iPhone-Ladekabel leihen kann, wenn der Typ aus der Reihe hinter dir Pulp Fiction nicht gesehen, wenn keiner Jägermeister eingekauft hat – dann ist das Leben vorbei.

Langgeweilte Herzen stauben ein in Routineweben, während kleine Routinchen unser Hirn einkleben, denk ich schwach: Es wäre Zeit für Ausbruch, Zeit für Stauwut, die flutet.

Wir laufen durch die Straßen mit Kabeln im Ohr und einem ganzen Orchester in der Tasche. Und ganz oft hör ich nicht zu.

Ich fahre in Zügen und trage Gleichgültigkeit vor mir her wie einen Panzer. Lang gehegte Ängste, sorgend für das, was man so Alltag nennt.

Ich gehe von einem System ins nächste und bete die Zweifaltigkeit aus Bürokratie und Wahnsinn an. Das Einzige, was wechselt, sind die Opfergaben.

Ich eigne mir durchgekautes Wissen an, spüle es durch Mund und Hirn, spucke es wieder aus und gebe meinen Senf dazu.

Und das ist dann Bildung.

Es wär mal wieder Zeit für Veränderung. Statt dem Feuer beim Brennen zuzusehen, könnte man mal darauf Kaffee rösten. Diesen schicken, hippen, hell geröstet und teuer verkauft. Dann ganz umständlich aufbrühen, dabei Bart und Dutt tragen und sowas sagen wie: *Die intensive Arabicanote wird ganz klar von Nuancen der Trockenfrucht und einem Hauch Cranberry abgerundet*. Aber hey, Koffein ist Koffein!

Und wir brauchen das. Mit noch 'ner Note Idealismus.

Es ist mal wieder Zeit für neue Utopien.

Weil Faulheit so mörderisch ist.

Die Straßen voll mit Menschen und Tatkraft, fluten stark und schnell, alle Dämme der Lethargie. Mit Wind- und Wasser- und Herz-Energie.

Also auf zur nächsten Demo. Das ist so kultig, das ist schon fast ein Klassiker, einfach mal für Veränderung sorgen, einfach mal einen auf Malala machen oder Ghandi, einfach mal rocken wie Josephine Baker oder swaggen wie Pipi. Und damit: Lebt lang und in Frieden!

IV Auf der Suche

Warte mal

In der Warteschleife einer Hotline,
deren Zweck ich nicht weiß,
liege ich, liegst du,
liegen alle Träume auf Eis.
Eingefroren in der Sicherheit
von Bafög und Regelstudienzeit.

Ich weiß nicht, warum, weiß nicht genau, wie.
Aber irgendwie fehlt mir
diese ganz bestimmte Melodie.
Mir fehlt dieses Knistern,
kann's nicht genau sagen.
Hab einen Kopf und ein Herz voller Fragen.

Ich soll achtsam sein,

... so sagt es mir mein Lebensstil.

Sei mal achtsam, sagen meine Zeitschriften, meine Bücher, meine Vorbilder. Leb mal im Moment, atme mal ein bisschen intensiver, meditiere doch mal jeden Morgen, geh schön raus, schön Vogel gucken und jetzt genießen. Los, du musst es GENIEßEN! Und trink ein Glas Wasser!

Koch doch mal mehr selbst – gesund und grün – und dann backe die perfekte Sahnetorte, man muss sich ja auch mal etwas gönnen. Und dann achtsam essen, jeden Bissen genießen. Und trink ein Glas Wasser!

Kauf am besten nichts Neues, sondern repariere alles selbst, es sei denn, du willst dieses Shirt, das ich trage, da hab ich nen Rabattcode für dich, wenn du magst. Hast du schon ein Glas Wasser getrunken?

Und schön brav mit den Nachbarn reden, nicht vergessen! Schön viele neue Leute kennenlernen und inspirieren lassen, aber sei ruhig auch allein und lass dich ja nicht von neuen Leuten beeinflussen!

Mach mal Yoga und Pilates und geh auch joggen, gerade, wo die Sonne scheint, aber sei nicht zu aktiv, sei auch mal faul! Schlaf nicht mehr als acht Stunden und steh doch mal eine Stunde früher auf, du wirst überrascht sein, was du so alles schaffen wirst, aber schlaf dich auch mal richtig aus!

Sei schön diszipliniert, priorisiere deine Aufgaben und werde so richtig erfolgreich! Aber Erfolg darf dir überhaupt nicht wichtig sein, denk dran: Arbeit ist nicht alles. Und Produktivität definiert nicht dein Selbst, aber diese eine Deadline, die ist wirklich wichtig! Und trink ein Glas Wasser!

Ich soll achtsam sein und glücklich und ich soll diszipliniert sein und auch genießen und nichts kaufen und das Richtige kaufen und reden und schweigen und aktiv sein und faul und Wasser trinken und DANN! Dann werde ich richtig glücklich, das haben sie zumindest versprochen.

Hasenherz

Das Sieb auf dem Kopf und mit Mamas Lippenstift zwei Streifen auf jede Wange gemalt, haben wir Monster gejagt, Verbrecher gestellt und Ungerechtigkeiten direkt bestraft. Sind von Mond zu Mond gehüpft und haben jeden mitgenommen, der mitwollte, denn es gab kein *sollte*, keiner musste draußen bleiben, Bleiberechte, Freiheitsschächte, ohne Kohlen, ohne Mauern, offene Türen, offene Fenster, offene Herzen, nicht nur kleine Hirngespenster, sondern Triebe für das Morgen, kleine Samen, die dann sorgen, die dann Recht und Freiheit borgen, keine Zinsen, nur ein Lächeln, nur ein Grinsen und das Wissen, dass wir zusammengehören und dass wir zusammen stark sind. Und dass wir zusammen von Mond zu Mond hüpfen können mit nur ein bisschen Rückenwind.

Ein Hasenherz, zwei Hasenfüße, aber die Gewissheit, dass ein echtes Löwenherz keine Utopie, sondern das Ergebnis eines wachen Hasen ist. Weil jeder, der nach Großem strebt, das Große auch erreicht, weil jeder, der geht, irgendwann ans Ziel kommt.

Das Sieb auf dem Kopf und mit Mamas Lippenstift zwei Streifen auf jede Wange gemalt, haben wir gewusst, dass die Guten siegen, weil sie fliegen, weil sie Riesen sind und das Recht auf ihrer Seite tanzt. Wir haben Luftschlösser aus solider Phantasie gebaut und jede Angst akzeptiert, weil sie uns davor bewahrte, über die Ränder der Wolkenzinne zu fallen. Ich hab dir und du mir und wir haben der Welt vertraut, mit Laub in den Haaren und Schweiß auf der Haut. Wir hatten kleine Hände, die mit großen Schippen Sand anhäuften, mit jedem Atemzug ein bisschen mehr, echtes Lachen auf den Lippen, bauten wir und schafften und schauten unser Werk mit stolzer Brust an, weil das, was wir machten, Sinn hatte, sinngemäß das Soll erfüllte, was uns uns're Herzen gaben, das beste Soll, dem wir im Leben folgen können, wenn wir rennen, wenn wir wissen, ja.

Ein Hasenherz, zwei Hasenfüße und Köpfe voller Träume, voller Räume mit Platz für jeden. Mit Platz und Luft und dem Bestreben, gut zu sein und es ganz genau so, ganz genau so auch zu meinen.

Heute trage ich eine Klappe auf dem Kopf, die die Träume zurückhält, sie in geordneten Bahnen fließen lässt, sodass sie zu dem passen, was ich glaube, was ich leisten muss. Und mit Mamas Lippenstift male ich mir Tag für Tag das Lächeln ins Gesicht, das von mir erwartet wird, weil ich mich glücklich schätzen kann. Weil ich nicht weiter streben muss, weil ich das Recht auf Zuckerguss und 30 Fernsehsender mit der Geburt mitgeliefert bekommen hab.

Lass uns gehen, jetzt sofort, mit Wort und Tat, lass uns sagen, was wir denken, lass uns denken, was wir ändern, lass uns ändern, was geändert werden muss. Der Anfang ist jetzt, für den Rest haben wir genug Zeit.

Das Sieb auf dem Kopf und mit Mamas Lippenstift zwei Streifen auf jede Wange gemalt, haben wir die Gierigen bestohlen, um für die Armen zu sorgen, waren wir sorgepflichtig, sorgewillig für das Jetzt und für das Morgen. Ein Hasenherz, zwei Hasenfüße, aber genug Weitsicht, um den Tellerrand zu verlassen, jedenfalls bis die Straßenlaternen angingen.

Heute trage ich eine Klappe auf dem Kopf, um alles reinzustopfen, was kleine Anzugpfropfen mit wichtig abgestempelt haben, abgestempelt, umgekrempelt, draufgekotzt, Attest dabei? Fratzenhafte Wohlstandskinder hocken in den Bildungszimmern, sprechen über Ost und West und wissen viel, doch fühlen nichts.

Und mit Mamas Lippenstift male ich mir Tag für Tag das Lächeln ins Gesicht, nein, die Tränen stehn dir nicht.

Wer nicht denkt, dem geht es gut. Und wer seine Scheuklappen nicht absetzt, hat keinen Grund, zu weinen. Lass es uns wie früher machen, einfach uns'ren Herzen folgen, und wenn du sagst, ich bin doch naiv, dann sag ich dir, dass etwas mehr Naivität uns allen guttun würde. Und wenn wir unser Spiegelbild ein bisschen kleiner halten und ein bisschen mehr an alle denken und ein bisschen mehr an das Gute und das Gerechte glauben und danach handeln und so ein bisschen mehr ein gutes Vorbild abgeben, dann können wir irgendwann von uns behaupten, ganz schön gut zu sein.

Lass uns gehen, jetzt sofort, mit Wort und Tat, lass uns sagen, was wir denken, lass uns denken, was wir ändern, lass uns ändern, was geändert werden muss. Der Anfang ist immer jetzt.

Prüfungsphase

Na, haben Sie auch schon welche entdeckt? Zurzeit kann man uns hauptsächlich in der Nähe von Espressobars und Bibliotheken, unserem natürlichen Lebensraum, erblicken. Studierende. Im Moment laufen wir vor allem mit Weltuntergangsgesichtern und richtig hübschen Augenringen durch die Straßen. Ja, es ist Prüfungszeit an den Universitäten.

Aber Kaffeebecher in Eimergröße und Taschen voller Schokoriegel sind kein Grund zur Sorge! Nein, es sind die Accessoires einer guten Hausarbeit ... Von wegen faules Studentenpack!

Mein prüfungsbedingter Rückzug hat letzte Woche begonnen. Der Umzug in die Bibliothek ist reibungslos verlaufen, ein Bibliothekar hat zwar aufgeblickt, als ich mit meinen Bücherkisten und Ordnern voller Notizen an ihm vorbeigehechelt bin, aber das war alles. Der Kampf um einen freien Arbeitsplatz ist etwas schwieriger verlaufen.

Meine favorisierte Bereichsbibliothek mit der Präsenzliteratur, die ich benötige, hat 301 Arbeitsplätze. Es gibt aber 40.000 Studierende. Auf gar keinen Fall wollte ich auf die größere Zentralbibliothek ausweichen, bei der kahlen und traurigen Ausstattung kann man sich gleich einweisen lassen. Also habe ich meine Kartons beiseitegestellt und mich in den Ring begeben.

Bei der Arbeitsplatzauswahl muss man schnell und präzise vorgehen. Der Platz sollte am Fenster liegen, damit man nicht verrückt wird, eine Steckdose ist überlebenswichtig, besser wären zwei. Beim ersten guten, freien Platz ist mir eine Mathestudentin zuvorgekommen, die sehr geschickt ihren Taschenrechner über die Tischplatte schlittern ließ, bevor ich meinen Laptop abstellen konnte. Den zweiten guten hatte ein Lehramtsstudent mit Jacke und Bücherstapel belegt. Den dritten freien Platz habe ich gleichzeitig mit einer Sozialpädagogin entdeckt. Wir haben uns ein kurzes Rennen geliefert, aber ich war schneller. Endlich!

Meine Welt besteht seitdem aus meinem Laptopbildschirm und den Bücherstapeln, in denen ich lese. Das Tippen der anderen ist zu einem beruhigenden Rauschen geworden, hin und wieder seufzt jemand, ansonsten ist es ruhig. Ich ernähre mich hauptsächlich von Kaffee aus dem dritten Automaten von links. Nachts kauere ich mich wie die anderen auf meinem Fleckchen Tisch zusammen, damit ich ja nicht den Platz verliere. Gestern hatte ein SoWi-Student Geburtstag, das war lustig, wir haben leise im Chor *Happy Birthday* gewispert und gesammelt, sodass wir ihm als Geschenk einen blauen Textmarker, einen halben Schokoriegel und einen USB-Adapter für sein Handyladekabel überreichen konnten. Er hat sich wirklich gefreut, wurde dann aber sehr ruhig und sagte, dass er nicht wisse, wie alt er geworden sei, weil er sich nicht erinnere, seit wann er sich in der Bib befinde.

Die Währung dieser Welt sind 5-Cent-Stücke, mit denen man den Kopierer füttern kann. Für ein 5-Cent-Stück gibt es auf dem Schwarzmarkt in der Anthropologie-Abteilung beim Buchstaben Th wahlweise ein Snickers oder fünf Minuten an der Powerbank.

Manchmal ist jemand wirklich fertig mit der Hausarbeit oder hat den kompletten Klausurstoff drauf, sodass er oder sie die Bib verlässt. Ob er oder sie es bis draußen schafft, weiß ich nicht.

Falls Sie an einem zusammengesackten Exemplar vorbeikommen, brauchen Sie keine Angst zu haben. Sie können ihn gefahrlos aus dem Bücherberg, der ihn erschlagen hat, herausbuddeln. Tätscheln Sie einfach ein bisschen sein Köpfchen, streicheln sanft über den Fuchsrucksack, geben ihm ein Stück Schokolade und versichern Sie: Es ist bald vorbei!

Pressefreiheit

oder: Was ich so auf Partys mache

Es ist eines dieser üblichen Partygespräche, auf die eigentlich niemand Lust hat und die trotzdem alle führen.

»Was studierst du denn?«, fragt sie mich.

Und ich denke: »Wieso gehst du denn automatisch davon aus, dass ich studiere? Ich könnte auch eine Ausbildung machen oder Vollzeit arbeiten gehen oder Mutter von fünf Kindern sein, auf die ich aufpasse, oder arbeitslos oder Hausfrau oder auf der Suche nach mir selbst in einer schamanischen Gesprächsgruppe, mit Kaktussaft, jeden Donnerstag von vier bis halb sechs.«

Aber sie hat recht, es ist eine dieser Bubble-Partys, eine dieser Partys, auf der alle irgendwas mit Medien studieren oder Literatur oder Kulturanthropologie des Textilen.

Das denke ich und ich sage: »Ich studiere Journalistik.«

»Ach und was willst du dann beruflich machen?«, fragt sie mich.

Und ich denke: »Mit einem Journalistikstudium? Damit will ich Astronautin auf dem Mars werden oder Krankenpflegerin auf einer Intensivstation oder Tischlermeisterin in einem Traditionsbetrieb.«

Das denke ich und ich sage: »Ich möchte Journalistin werden.«

Das Problem ist, dass jeder, der schon mal an einem Zeitungskiosk vorbeigegangen ist, denkt, er wüsste ganz genau Bescheid über den Journalismus. Wenn man sagt, man will Ärztin werden, sagen die Leute oft »Oh, toll!«. Wenn man sagt, man will Anwältin werden, sagen die Leute oft »Oh, Wahnsinn!« und sind ein bisschen beeindruckt. Wenn man sagt, man studiert Kulturanthropologie des Textilen, sagen sie gar nichts und gehen weg. Sagt man aber, man will Journalistin werden, nicken sie wissend und sagen »Hm, aha. Ja, nun«.

»Ich möchte Journalistin werden«, sage ich.

Und sie sagt: »Hm, aha. Ja, nun. Das ist ja auch nicht einfach heutzutage. Da werden ja viele Lügen verbreitet. Und die Rundfunkgebühren finde ich richtig scheiße. Und Zeitung liest ja sowieso niemand mehr.«

Und ich denke, dass diese Aussagen irgendwie ganz schön verrückt sind. Und irgendwie ganz schön dolle Demokratie-verwöhnt.

Und ich sage, dass ich das anders sehe. Denn schließlich leben wir zum allerersten Mal überhaupt in der deutschen Geschichte mit einer Verfassung, die unsere Pressefreiheit schützt. Wir haben die Möglichkeit, unsere Beobachtungen und auch unsere Meinungen frei und ohne Zensur zu veröffentlichen! Ich meine, wie krass ist das bitte?? Ich könnte mich zum Beispiel auf eine Bühne stellen und sagen, dass ich gegen Rassismus bin und dass ich der Meinung bin, Religion und Staat müssen getrennt werden. Und dass ich dafür bin, dass jeder lieben und heiraten sollte, wen er will.

Und dafür werde ich nicht verhaftet!

Und ich sage, dass ich an all die Journalistinnen denke, die in türkischen Gefängnissen sitzen, und an all die Journalisten, die in Gefängnissen auf der ganzen Welt sitzen.

Und an die Journalistinnen, die entführt wurden, und

an die, die umgebracht wurden, weil sie berichten wollten, was passiert.

Und ich denke daran, dass wir ganz schön verrücktes Glück haben, weil wir in Europa leben und es um die Pressefreiheit hier ganz schön gut gestellt ist.

Wir lesen die Zeitung, hören Radio, gehen ins Internet. Wir gehen auf Poetry Slams, wo Menschen Literatur vortragen können oder Comedy oder ihre ganz persönliche Meinung. Und wir werden dafür nicht von der Bühne gezerrt, sondern bekommen im besten Fall sogar Applaus.

Und ich sage, dass ich mich frage, wie wir uns denn diese Meinungen bilden könnten, wenn niemand uns berichtete, was passiert? Wie wir wählen gehen könnten, wenn wir nicht wüssten, wer für was steht? Wer was verändern möchte? Wie wir uns organisieren würden, wenn wir nicht wüssten, wo was schiefläuft und wo was gut läuft?

Ohne Medien hätte ich keine Ahnung, wer bei uns Bundeskanzlerin ist. Ich wüsste nicht, was unsere Regierung tut, ja nicht mal, was bei mir im Rathaus vor sich geht. Ich würde nicht verstehen, warum Dinge teurer werden und warum die Bahn auf einmal streikt. Ich wüsste nicht, warum Menschen in meiner Turnhalle nebenan übernachten oder warum das Wetter unregelmäßiger wird. Ich hätte keine Ahnung von der Welt, von Europa, von Deutschland, vom Leben außerhalb meiner Straße.

Und ich sage, dass dieses Recht auf freie Presse doch auch hier angreifbar ist. Dass wir darauf achten müssen, dass niemand es mit Füßen tritt. Und wie gruselig es doch ist, dass in unserem Nachbarland Polen das Führungspersonal im öffentlich-rechtlichen Rundfunk von der Regierung ausgetauscht wurde. Und dass dort nun die Regierung über die Journalisten entscheidet, die eingestellt werden. Und dass kritische Sendungen aus dem Programm genommen wurden. Oder dass in Ungarn schon 2010 staatliche Kontrolle auf Privatsender und Internetseiten ausgebaut wurde. Direkt nebenan. Und ich bin beunruhigt, wenn Pegidademonstranten Journalistinnen auf offener Straße auch körperlich angreifen. Und sie Lügenpresse schimpfen, ohne ein Beispiel dafür nennen zu können.

Es wäre so großartig, wenn diese Menschen sich kritisch mit Medien auseinandersetzen und Sachen, die ihnen unglaubwürdig erscheinen, nachprüfen würden. Und Beweise finden würden und Fakten.

Und ich sage, dass ich Rundfunkgebühren gut finde. Ich finde sie ungerecht verteilt, aber gut. Ist eine Gebühr wirklich zu teuer für die Sicherstellung eines Journalismus, der nicht von Werbekunden und der Wirtschaft abhängig ist? Ist das zu teuer dafür, dass Journalisten hart arbeiten, um dem ganzen Wirrwarr aus falschen Behauptungen, Hass und Beleidigungen im Internet und am Stammtisch echte Fakten und sachliche Analysen entgegenzustellen? Ist das zu teuer dafür, dass Korrespondentinnen in die Welt geschickt werden, um sich selbst ein Bild zu machen und es an uns weiterzugeben? Ist es zu teuer, um unserer Demokratie einen wachsamen Kontrolleur zur Seite zu stellen? Um allen Beteiligten deutlich zu zeigen, dass die Öffentlichkeit zuschaut? Dass niemand willkürlich handeln kann, ohne dass wir es bemerken? Und ist es zu teuer, um sicherzustellen, dass berichtet wird, weil der Bericht wichtig für die Gesellschaft und von öffentlichem Interesse ist und nicht, weil er sich gut verkauft?

Und ich sage, dass ich finde, wenn man jeden Tag Geld für einen Kaffee mit Sojamilch, Karamellsirup und Sahnehaube ausgeben kann oder ständig neue Kleidung kauft, die man nicht braucht, Deo für die Füße, Pullover für Haustiere, Schuhe, die blinken, Jutebeutel mit verschiedenen klugen Sprüchen darauf, wenn man einen Standmixer und einen Pürierstab und einen Milchaufschäumer und einen Spiralschneider in der Küche hat (wobei der ziemlich cool ist, kennt ihr den? Man kann damit zum Beispiel Zucchinis in Spiralen schneiden und dann Zucchininudeln machen, und ich wüsste wirklich nicht, wie mein Leben ohne Zucchininudeln aussehen würde) und einen Sparschäler und einen Toastimat und einen Nicer Dicer und diese Verschlüsse in irgendwelchen Formen, die man dann auf offene Sektflaschen plöppen kann, damit die Kohlensäure im Kühlschrank nicht rausgeht – wenn man all das kaufen kann, dann finde ich halt nicht, dass wir uns Rundfunkgebühren nicht leisten können.

Und sie blickt mich an und irgendwie wollte sie gar keinen Abriss über meine Meinung zum Journalismus bekommen. Irgendwie wollte sie nur etwas zu dem sagen, was ihr zu Journalismus eingefallen war und, wie sie fand, halbwegs informiert klingt, und irgendwie hatte sie gar nicht so genau darüber nachgedacht und eigentlich wollte sie heute Abend gerne viel trinken und nicht so viel denken. Und sie lächelt milde und zieht von irgendwoher ihren Freund Marlon aus der Menge und sagt »Kennst du eigentlich schon Fatima?« und geht weg.

Und Marlon lächelt mich an und fragt: »Und, was studierst du?«

Und ich lächle zurück und sage: »Ich studiere Demokratie und Wahrhaftigkeit und Verantwortung und Freiheit. Und was machst du so?«

Universum

Neulich im Auto hab ich ein Lied von Käptn Peng gehört und kurz gestockt, denn es hat mich aus meinem sanften, gemütlichen, nebligen Autopilot geholt, so was Freches. In dem Lied geht es ums Universum, ums große Ganze und darum, woher wir kommen.

Mitten im Alltag übers Universum, Gott und so einen Kram nachzudenken, das hat meinem Gehirn gar nicht gefallen, es hatte sich schon im Bademantel gemütlich vor den Fernseher in meinem Kopf gesetzt, in der einen Hand die Kekspackung, in der anderen die Fernbedienung. *Dein Gehirn hat keine Hände*, sagt eine näselnde Stimme hinter meinem linken Ohr, die wie eine Mischung aus Hermine Granger und Bree Van de Kamp klingt und sich manchmal zu Wort meldet, wenn ich solche Texte schreibe.

Ich hab also dieses Lied gehört und musste auf einmal denken, Arbeit für die grauen Zellen, so ein Mist.

Manchmal fühlt es sich im Alltag so an, als würden wir, also wir, die Menschheit, irgendwie durch Watte waten, auf der Suche nach irgendwas Bestimmtem, und ich wüsste so gerne, was es ist! Weil wir uns so furchtbar anstrengen und manchmal so ätzend leiden und uns gegenseitig so schrecklich quälen, immer weiter rennen und rennen und rennen, aber wohin eigentlich?

Es ist, wie wenn Mario das nächste Level erreicht hat. Alles konzentriert sich auf das Ziel und wenn man da ist, ist da zwar eine kurze Freude, ein kurzer Jubel, aber das wars dann. Und dann? Auf ins nächste Level. Der große Beifall und das Ende in Glückseligkeit, wann kommt das alles denn endlich? *Nie!*, flüstert dann immer diese nervige Stimme, die keiner von uns hören will. Wir doch nicht, wir, die versuchen, alles richtig zu machen. Pff. Wenn alles keinen Sinn hat, wäre ja die Mühe umsonst. Es sei denn, *kein* Sinn ist genau *DER* Sinn?

Ich glaube, manchmal ist es hilfreich, sich mit Dingen, Menschen, Musik oder Literatur zu umgeben, die die Blase des sanft schwingenden, ewig dösenden Autopiloten durchpieksen. Es ist viel zu bequem im weichen, dröhnenden Nichtwissen, Nichthören, Nichtsehen, einfach Funktionieren – und noch ne Folge Scrubs/The Big Bang Theory/ Game of Thrones/Was immer dich in Watte hüllt.

Ob man jetzt an Gott, das Universum oder die Tentakel von Delphi glaubt – ein krasses Wunder ist das alles hier allemal.

V Kopfrauschen

Manchmal, wenn ich nicht Karussell fahre, ist mir schwindelig. So schwindelig, dass mir schlecht wird.

Wenn ich gerade nicht Karussell fahre, merke ich, wie schnell die Erde sich dreht.

Um die eigene Achse, immer und immer wieder, bis alle Menschen so durchgeschüttelt sind, dass sie vor Schreck genau das weitermachen, was sie immer getan haben.

Damit sie keinen Drehwurm kriegen.

Wenn ich nicht Karussell fahre, ist alles so schrecklich wahrhaftig. So wahrhaftig, dass ich denke, einfach in den Himmel zu fallen.

Tiefer und schneller, immer weiter in die Unendlichkeit aller Dinge hinein.

Manchmal müde

Manchmal bin ich einfach müde, egal, wie viele Stunden ich geschlafen habe. Dann höre ich auf, Musik zu hören, lese keine klugen Bücher mehr, höre keine Nachrichten im Radio. Manchmal ist die Welt groß, so riesengroß und laut, und ich bin müde.

Manchmal höre ich auf, zu protestieren, bemale keine Plakate mehr, und mein Gesicht auch nicht. Und die Seifenblasen stehen ungepustet im Schrank.

Manchmal bin ich einfach müde, dann denk ich nicht mehr an dich. An das Ich, dessen Kopf voller Flausen und Ideale ist, der Bauch voller Kuchen, denn hungrig die Welt retten ist auch nichts.

Manchmal muss man Wäsche waschen. Bunt und weiß trennen, die Flecken einweichen und alle Taschen nach Kleingeld und Taschentüchern durchsuchen, denn sonst muss man hinterher wieder überall die Flöckchen runterpicken. Man muss Geld verdienen und die Miete zahlen, muss sich um die Oma kümmern und irgendwer muss die Spülmaschine ausräumen. Wieso räume eigentlich immer ich die Spülmaschine aus? Zahnreinigung ist fällig und die Steuer, ach, die Steuer! Glas muss weggebracht werden, Brot brauchen wir auch und nächste Woche sind wir dran mit Treppenhaus putzen. Hast du endlich die Lebensversicherung abgeschlossen? Zahnzusatz kann auch nicht schaden und denk an den Beutel beim Einkaufen, sonst müssen wir den sechsunddreißigsten Stoffbeutel kaufen. Hat jemand die Katze gefüttert? Und irgendwer muss auch den Müll rausbringen.

Manchmal bin ich müde, aber dann fängt die Sonne an, zu scheinen, riechst du das? Es riecht nach Sonne und nach Frühling und nach Aufbruch! Lockdown-Lethargie in allen Ehren, aber spürst du das Kribbeln? Niemals in der Geschichte war mehr möglich als jetzt.

Es ist Zeit für Espresso, einen Ingwer-Shot, und mach auch die Fenster auf! Einmal kräftig recken und strecken und Mundwinkel hoch. Es ist Zeit, wieder Musik zu hören und kluge Bücher zu lesen. Die Nachrichten im Radio hören, Protestplakate bemalen und das Gesicht auch! Seifenblasen raus, Kuchen backen und Müll raus! Wer bringt ihn raus, wenn nicht wir? Wenn sich niemand in der Welt-WG um den Putzplan schert, haben wir die Wahl: im Schimmel untergehen oder selbst anpacken. Ein Ministückchen Himmel, wenn die Tür sich öffnet, ein Minibisschen Luft und Wind und Tatkraft. Vielleicht ist das unsere Superpower: Dass wir wissen, wie es aussehen könnte, und dass wir dafür kämpfen, dass es so wird! Weil wir Ungleichheit, Umweltverschmutzung und Unfrieden zwar wahrnehmen, aber nicht akzeptieren wollen.

Lasst uns die Schere zwischen arm und reich stumpf machen, lasst uns mit Greta und Luisa das Fürchten lernen und das Lernen ändern!

Frauenrechte oder Menschen auf dem Mond waren mal revolutionäre und utopische Ideen. Also lasst uns in neue Utopien aufbrechen, die irgendwann Realität werden.

Kleine Bib

Manchmal kann ich nicht schlafen. Dann wache ich nachts auf, weil kleine Minimenschen durch die Bibliothek in meinem Kopf rennen und versuchen, die überquellenden Schubladen zu schließen. Aber sie lassen sich nicht schließen, viel zu viel Papierkram für viel zu enge Schubladen – wer hat das bitte konstruiert? Und ständig rasseln neue Gedankenzüge rein, eins, zwei, drei, vier, besser getaktet als jede Großstadt-U-Bahn. Wer soll das alles denken? Wer soll das alles sortieren? Wo sollen die Minimenschen in meinem Kopf den ganzen Gedankensalat verstauen? Es gibt nicht genug Tupper für die vielen Reste vom Tag.

Dann wache ich auf, liege im Bett, denke Gedankenschleifen, spiele den nächsten Tag durch, führe Gespräche mit Kollegen und Interviewpartnerinnen, die erst noch kommen werden, während ich im Bett liege zwischen geblümter Bettwäsche, den Fußraum streitig gemacht von einem schlafenden Katzenknäuel. Ich versuche, mich abzulenken, taste mit dem rechten großen Zeh vorsichtig, ob ich das weiche Katzenfell spüren kann, ich möchte die Bibliothek in meinem Kopf zur Schließung bewegen.

Wir schließen, bitte verbuchen Sie alle ungedachten Gedanken oder stellen Sie sie zurück, danke schön.

Aber das Karussell denkt nicht daran, mit dem Drehen aufzuhören.

Ich probiere es anders, spiele Stadt, Land, Fluss mit mir selbst, in der Hoffnung, damit alle anderen lauten Gedanken zu übertönen. Kennt jemand einen Fluss mit B? Fluss ist eine doofe Kategorie. Wer kennt überhaupt irgendwelche Flüsse?

Die Minimenschen in meinem Kopf beginnen, sich zu ärgern, kramen in den übervollen Schubladen – wo haben wir Erdkunde abgelegt? Gibt es überhaupt ein Regal für Erdkunde? Vielleicht ist es so verkümmert und verstaubt wie der Rest von Mathe, der irgendwann Ende der siebten Klasse einfach ganz nach hinten geschoben wurde. Ein bisschen Plus und Minus, ein bisschen Dreisatz, ganz, ganz weit, weit hinten und verstaubt steht das mickrige Mathe-Beistelltischen auf drei wackeligen Beinchen.

Schlimmer als die Gedankenzüge in ewigen Schleifen sind die Gefühlspöbler. Kommen einfach reingewatschelt in meine hübsche Bibliothek und wollen sich Gehör verschaffen. *Scht, scht!!!* die Minimenschen geben sich Mühe, für Ruhe zu sorgen, *scht, hier wird nicht gepöbelt!* Aber sie hören nicht. Verkünden laut und zeternd ihre Ängste, ihre Sorgen, ihre Aufregung vor dem kommenden Tag. Sie wollen sich alle ins große Emotionsbuch eintragen, na, wer hat den dicksten Filzstift mitgebracht? Die dicksten Gefühle schlurfen mit schweren Stiefeln rein und hinterlassen dicke Kerben in meinem Hinterkopf. Die armen Minimenschen, gerade alles frisch gebohnert und nun das. Also fangen sie von vorne an, sortieren Bücher, stopfen Zettel in viel zu kleine Schubladen, versuchen, die lautesten Pöbler zum Schlafen zu bewegen.

Manchmal kann ich nicht schlafen. Dann wache ich nachts auf und stelle mir vor, dass mein Kopf eine Bibliothek ist, in der Minimenschen umherschwirren. Wenn sie doch nur endlich zur Ruhe kämen.

So ein Glück

Was kann ich tun, wenn ganze Welten am Pokertisch entschieden werden? Wenn Alice' Herzkönigin lacht und ich les in der Zeitung, *ab mit dem Kopf*. Ich lese, was passiert, lese die Fakten. Ich habe eine Wahl und ein Wahlrecht, kann entscheiden und kann nur zusehen.

Was kann ich tun, wenn große Bomber Städte treffen, Städte, die ich gerne mal gesehen hätte, Städte, von denen ich noch nie gehört habe.

Es ist wieder Winter, es ist kalt, ich fröstel, wenn ich auf die Straße trete, es wird dunkel, aber die Autos leuchten und Zuhause ist es warm und die Lichterkette im Schaufenster sieht schön aus, so schön. Trotzdem ist mir kalt, ich steck die Hände in die Taschen meiner Jacke und beweg die Finger.

Was kann ich tun, wenn and're Menschen Hunger leiden? Eine Spende? Eine Zahl auf Papier? Wieso wird es nicht besser? Gute Nachrichten verkaufen sich nicht, ich muss danach suchen. Die Verbindung hakt mal wieder, ich steh vom Schreibtisch auf und stell die Heizung an. Es gluckert und ich kann die Wärme beinahe riechen, die Luft im Zimmer, die langsam trockener wird. Mein Computer summt, vielleicht was mit dem Arbeitsspeicher, hat mir Max gesagt, ja, vielleicht.

Was kann ich tun, wenn Hinterzimmertreffen erst nach Jahrzehnten öffentlich werden? Wenn erst jetzt klar wird, wer die ganze Zeit die böse Stiefmutter war. Und ich les in der Zeitung, *ab mit dem Kopf*. Ich leb in einem reichen Staat und die Kommentare fragen von früh bis spät, wie das nur alles werden soll. Wie viele da noch kommen wollen. Und endlich ist wieder Babyboom.

Es ist Winter, mein Kopf kommt zur Ruhe und fokussiert, es ist noch Arbeit zu erledigen. Ich schaue aus dem Fenster. Da sind graue Wolken auf weißem Grund, kein Anfang und kein Ende zu erkennen. Neben dem Fenster hängt das Bild meiner Großeltern. Wie sie lachen. Sie stehen Schulter an Schulter im Garten, inmitten von blühenden Pflanzen, und die Sonne scheint. Das ist so lange her. Und für mich ist noch so viel Leben übrig.

Ich weiß, was passiert, ich lese die Fakten, ich weiß, wie viele Menschen nicht so leben können, und ich hab noch so viel davon übrig. Sollte ich nicht irgendwie glücklicher sein?

Aber was kann ich tun, wenn Ozeane beim Würfelspiel verschachert werden? Achtlos, eine Zwei und eine Vier, die goldenen Augen auf roten Würfelseiten, der Wolf bleckt die Zähne und lacht. Und so viel Wasser, so viel Wind.

Ich heb ein Stück Papier auf, gedankenlos von jemandem in den Grünstreifen neben der Ampel geworfen, es hat mich die halbe Rotphase beobachtet. Mit spitzen Fingern, versuche, so wenig wie möglich davon zu berühren, die Ampel wird grün, ich und die Frau mit Rollator neben mir, wir gehen wieder über Los. Ich bin schneller als sie. Ich werf das Papier in den Mülleimer neben dem Straßenschild und hab es an der nächsten Ecke vergessen. Ein Auto steht mit laufendem Motor.

Ich schlepp mein schweres Herz und einen angestrengten Kopf mit durch den Winter. Ich frag mich, was kann ich tun? Und sollte ich nicht irgendwie glücklicher sein? Ich kann es nur versuchen.

Panik

Neulich habe ich Panik bekommen. Ich habe nicht damit gerechnet, hatte nicht aufgeräumt, keine Torte im Tiefkühlfach, nicht mal Mineralwasser.

Sie stand einfach vor der Tür, ungebeten, ungewollt, hat nicht auf der Matte verharrt, sondern ist direkt an mir vorbei, direkt ins Wohnzimmer aufs Sofa, hat sich richtig schön breit gemacht, die Füße auf den Couchtisch und der nackte Hintern auf meinen sorgfältig ausgewählten Ikea-Kissen mit Blümchen und Pünktchenmuster.

Hey Panik, hab ich matt gesagt, *was machst du denn hier?*

So riesig, so viele viele Köpfe größer als ich.

Denn formal, also so auf dem Papier, gibt es keinen Grund zur Panik. Ich habe genug zu essen, eine Wohnung, Familie und Freunde, ich habe einen Beruf, der mir gefällt, und ein Studium, das ich demnächst abschließen werde. Ich habe Bücher, Internet, mehr Schuhe als Füße, *also, Panik, was machst du hier? Was willst du von mir?*

Die Panik hat gelächelt, sich noch tiefer in meine Kissen gekuschelt und gefragt, *na, bist du auch gut genug in deinem Job? Na, gefällt's dir wirklich hier? Na, schaffst du denn wohl dein Studium?*

Und dann war sie da, leise unterschwellig, irgendwie bedrohlich und ploppte manchmal auf, beim Zähneputzen oder vorm Einschlafen.

Hey, ich bin noch hier, hat die Panik dann geflüstert.

Aber mein Papier!, wollte ich rufen. *Auf dem Papier sieht alles gut aus, alles!*

In meinem Buch über das Universum steht, man soll sich seinen Ängsten stellen, sie zum Kaffeetrinken einladen und wahrnehmen und ihnen so die unendliche Größe nehmen. Weil dann kann man vielleicht was von ihnen lernen.

Also hab ich das Porzellan von Oma aus dem Schrank geholt, die guten Muffins von der Konditorei gekauft und Kaffee aufgesetzt.

Hey Panik, hab ich gesagt, *kann sein, dass ich nicht die Beste bin in meinem Job, aber ich bin doch gut.*

Die Panik hat genickt, und ist ein klitzekleines bisschen geschrumpft, nur ein Mü.

Hey Panik, mag sein, dass es auch anderswo auf der Welt schöner ist, aber hier ist's schon okay und das ist echt viel wert. Hey Panik, ja, das Studium ist nicht immer leicht, aber im Großen und Ganzen mach ich das sehr gern und genieße dieses Privileg.

Und die Panik hat genickt, an einem der guten Muffins geknabbert, und so haben wir noch eine Weile dort gesessen und gequatscht. Und sie hat erzählt, woher sie kommt und was sie will und was sie auf keinen Fall verlieren will. Und ich habe an einem der guten Muffins geknabbert und genickt.

Am Ende war sie so sehr geschrumpft, dass wir wieder auf Augenhöhe standen, wir haben uns jetzt nicht umarmt, aber doch die Hand gereicht. Man muss ja nicht gleich Freundschaft schließen. Aber eine gute Bekanntschaft zu der eigenen Panik kann wirklich nicht schaden.

Dickes Fell

Leg dir einfach ein dickes Fell zu, sagen sie. Dann kannst du so viel arbeiten, wie das System verlangt. Das musst du lernen, sagen sie. Leg dir ein dickes Fell zu, dann kannst du an den Ungerechtigkeiten vorbeisehen. Die Störfaktoren ausblenden und schön durchschlängeln durch das »Das haben wir ja immer so gemacht.« Nicht anecken, sondern hochnicken.

Wir haben sooo viel Wissen. Und so wenig Fühlen.

Wer die Scheuklappen nicht absetzt, hat keinen Grund, zu weinen.

Aber wenn ich mich dann beim Heulen erwische, wenn in den Nachrichten von Kriegen berichtet wird, dann weiß ich, dass mein dünnes Fell besser ist. Es atmet. Deshalb kommt so viel Weltschmerz durch. Und das ist der Beginn.

»Na gut« sagen, aber »Nein« denken, ist heucheln. Wer will schon heuchlerisch sein?

Und ja, es ist anstrengend. Mit dünnem Fell und vollem Herzen durch den Sturm zu laufen, ist so verdammt anstrengend und macht so müde. Immer wieder kämpfen, immer wieder fragen, immer wieder Argumente suchen und ja nicht zeigen, wie sehr es dich eigentlich wirklich trifft. Konstruktiv bleiben. Wieso gibt's dafür eigentlich keine Medaille?

Änderung und frischer Wind? Das brauchst du nicht, mein liebes Kind.

Aber doch!

Und eigentlich glaube ich, dass unter jedem dicken Fell auch noch ein dünnes ist. Ein elastisches, eins, das atmen kann. Und wir brauchen das. Viel, viel mehr davon. Ich will kein dickes Fell, danke, nein. Und wenn ich bei den nächsten Nachrichten wieder heulen muss, weiß ich wenigstens: Ich hab noch einiges zu tun.

VI Hoffnung, Trost und Keksteig

Ich habe aufgeschaut, wie ich das öfter tue, wollte den Rand meiner Kaffeetasse eigentlich gar nicht verlassen, weil es sich gerade so gemütlich anfühlte, habe trotzdem über den Rand gespäht und direkt in deine Augen geblickt. Ich wollte schnell zurück zu meiner Tasse, schnell zurück zum Rand der Sicherheit, doch deine Augen waren schneller, sie sind Profis, haben kein Hauruck gebraucht, haben sich nicht mal abgesprochen, haben einfach die Maschen ausgeworfen und mein Herz hat sich verfangen. Hat sich nicht mal gewunden, hat sich einfach an Land ziehen lassen. Deine Augen waren geschickt, sie waren schnell und vorsichtig und gründlich, und dein Lächeln hätte es gar nicht mehr gebraucht, doch es kam dazu, nicht zur Absicherung, eher zur Belustigung, und dann waren wir da und deine Augen betrachteten ihren zappelnden Fang.

Symbolbilder

Immer wenn etwas Schlimmes passiert ist, gibt es hinterher diese Bilder von kurzen Einigkeits-Momenten in den Medien. Letzte Woche, als im Wiener Stephansdom der Erzbischof neben dem Präsidenten der islamischen Glaubensgemeinschaft saß, beide in ihrer traditionellen Tracht, dieses Mal beide mit Mund-Nasen-Bedeckung.

Mich berühren diese Bilder. Es sind Symbole für etwas, das doch niemand mehr bestreiten kann: Wir alle gehören zusammen, sind verbunden im Schmerz, in der Freude, im Leben.

Ist das jetzt zu kitschig? Zu tief in die Herzkiste gegriffen? Zu viel Heile-Welt- und Alles-wird-gut-Getue?

Kann ich nicht ändern.

Mich berühren diese Bilder. Sie zeigen mir die Welt, wie ich finde, dass sie sein sollte: trotz aller Unterschiede vereint, eben gleich und verschieden.

Als letzten Monat in Halle alle Kirchenglocken läuteten zum Gedenken an den Anschlag auf die Synagoge.

Als Neuseelands Premierministerin Jacinda Ardern letztes Jahr nach dem schlimmen Anschlag ein Kopftuch trug.

Noch schöner ist es, wenn diese Bilder unabhängig vom Terror auftauchen.

Als Papst Benedikt 2006 in Istanbul in einer Moschee betete, so wie es auch schon Johannes Paul II. und nach ihm Franziskus gemacht haben.

Wenn Muslime, Christen und Juden zusammen an Ramadan das Fasten brechen.

Wenn in Bethlehem zusammen Weihnachten gefeiert wird.

Oder im Großstadtstil: Die Kapuzenpullover, die eine Kippa auf die Kapuze gestickt haben, als Zeichen der Verbundenheit.

Es gibt dann Menschen, die diese Zeichen als billige Symbolik abtun. Aber es hat ja niemand behauptet, dass Frieden teuer sein müsste. Und wo immer Frieden und Einigkeit einen Ausdruck finden, da ist doch Hoffnung.

Überraschungen

Ich liebe es, wenn mich Menschen überraschen. Wenn sie sich anders verhalten, als ich vermutet habe. Neulich habe ich mich dolle über eine Gruppe Jungs in Jogginghosen geärgert. Die haben an der Bahnhaltestelle laut rumgeblökt und – na ja – sie haben sich halt benommen, wie Jugendliche das so machen. Ausgerechnet jetzt, habe ich gedacht und versucht, mich auf mein Buch zu konzentrieren.

Und da kommt eine ältere Frau. Und sie stolpert über eine Kante, fällt hin und liegt jetzt hilflos auf dem harten Asphalt.

Und noch bevor ich überhaupt reagieren kann oder die anderen Leute an der Haltestelle, da sind schon diese Jugendlichen am Start. Die gehen hin und stellen die ältere Frau wieder auf die Beine, ganz liebevoll, und helfen ihr, sich auf die Bank zu setzen.

Oder neulich im Schwimmbad! Das war noch vor dem Lockdown. Da baut sich diese Kante von einem Mann mit Muskeln jenseits von Gut und Böse und sattem Vollbart mitten im Schwimmerbecken auf. Zehn Meter entfernt vom Beckenrand. Was will der denn, denke ich und schwimme erschrocken zur Seite. Und dann kommt ein Mädchen angepaddelt – im rosa Badeanzug – es prustet und schluckt Wasser. Noch drei Meter! Die Kante von

Mann feuert seine Tochter an: Sie üben für das Schwimmabzeichen.

Oder mein:e Freund:in Sira, groß, blond, schlank, wunderschönes Gesicht. Die:der kann den besten Lidstrich aller Zeiten ziehen! Mädchenmädchen? Beim Kreuzheben schafft sie:er 150 Kilo!

Ich liebe das.

Ich liebe das, weil ich wohl auch nicht dem Klischee von mir entspreche. Du siehst nicht aus wie eine Fatima!, sagen mir die Leute immer wieder.

Und du siehst nicht aus wie ein germanischer Kriegsgott.

Im Zweifel geht dann immer die Dortmunder Begründung mit vier Buchstaben: Isso.

Schnaps und Keksteig

Manchmal falle ich vom Glauben ab. Vom Glauben an eine bessere Welt und an das Gute, vom Glauben, der mich eigentlich immer umhüllt, wie ein unsichtbarer Tarnumhang aus Liebe und Zuversicht.

Ich stelle mir vor, dass er ein bisschen golden schimmert, wie flüssiges Glück, und dass er zwar nicht sichtbar, aber immer spürbar ist, wenn man sich ein bisschen konzentriert und vielleicht ein bisschen lächelt. Eigentlich. Aber manchmal scheint er löchrig zu werden, das Gold flackert und wird blasser wie eine Neonröhre mit Wackelkontakt. Wenn ich pitschnass werde und keinen Schirm dabeihabe, wenn mich das Auto hinter mir anhupt und immer näher kommt, weil ich – Gott bewahre – so schnell fahre wie erlaubt. Wenn in der S-Bahn jemand höflich nach Geld fragt und ich kein Bargeld mithab – und sonst scheinbar auch niemand?!

Und wenn ich Nachrichten lese. Die sind die schlimmsten Motten für meinen Tarnumhang. Eine Seuche, die die ganze Welt umspannt, Rechtsextreme, die sich demokratisch verkaufen wollen, Tod, Krieg, Zerstörung, Katastrophen, Hunger – da hilft kein Lavendelsäckchen mehr.

Aber was hilft, wenn ich vom Glauben abfalle? Wer kann die goldenen Löcher flicken? Feenstaub gibt's leider nicht im Supermarkt. Aber es gibt Orte und Zeiten in jedem Leben, die schimmern ganz unbemerkt. Mein Ort liegt ganz oben unterm Dach und ist ziemlich unordentlich.

Ich habe während des Studiums mit meiner Freundin Carmen in einer WG gewohnt. Die WG war ganz unterm Dach, ein paar Mal regnete es rein, einmal hatten wir Mäuse, einmal einen verirrten Vogel in der Wohnung. Die Badewanne war unter einer Dachschräge verbaut, sodass man im Sitzen duschen musste, und sowieso waren alle Wände und Böden schief. Viel Geld hatten wir auch nicht. Und trotzdem war es die gemütlichste und schönste Wohnung aller Zeiten. Im Kühlschrank, da war immer etwas süßer Pfirsichschnaps für Notfälle. Dazu gab es Vanilleeis (dieses ultrateure, das man wirklich nur kauft, wenn es ernst wird) mit Keksteig und Schokostückchen und eine Folge Desperate Housewives. In dieser Serie kämpfen fünf Frauen in einer idyllischen amerikanischen Vorstadtsiedlung gegen groteske Probleme: Mord, Folter, Vergiftungen, Entführung – alles dabei. Carmen hatte eine riesige graue Flauschdecke und wir hatten am Anfang noch kein Netflix, sodass wir uns abwechselnd aus der Decke schälen mussten, um die DVD zu wechseln.

Mit Eis in eine Decke an eine Freundin gekuschelt dabei zuzusehen, wie andere viel größere Probleme lösen, ist eine wirklich gute Möglichkeit, ein kleines bisschen Glauben zurückzuerobern.

Manchmal, wenn die Nachrichten zu schlimm werden, wenn sich zu viel Kälte in der Magengegend breitmacht, denke ich an diese Wohnung und diese Zeit zurück. Und wenn ich das mache, dann fließt auf einmal wieder neuer goldener Schimmer in meinen Tarnumhang, ein bisschen neue Liebe, ein bisschen mehr Zuversicht – und der Glaube an das Gute? Der guckt verknautscht wie eine welke Blüte und trinkt Carmens Pfirsichschnaps, löffelt ihr Eis mit Keksteig und entfaltet ganz, ganz langsam wieder neue Kräfte.

Katze

Ich geb das jetzt mal zu: Ich bin ein Katzenmensch. Ich glaube, ich war auch schon immer ein Katzenmensch – nur eine Katze hatte ich nie.

Bis vor einigen Monaten Amy und Penny miteingezogen sind und mit ihnen ein bisschen mehr Chaos, ein bisschen mehr Dreck und ganz viel Lachen, Liebe und Flausch.

Penny meckert immer rum, wenn sie gestreichelt werden will, dann kommt sie ins Arbeitszimmer getrabt – mau, mau, mau! – und guckt mich so vorwurfsvoll an, bis ich sie hochnehme und durchkraule. Dann reibt sie ihr Köpfchen manchmal an der Schreibtischkante oder der Tastatur, schnurrt ein bisschen und haut wieder ab, sobald es ihr reicht. Vor Penny muss man auch jegliche Form von Essen verstecken. Einmal hab ich den Fehler gemacht, vom Frühstückstisch im Wohnzimmer aufzustehen, um noch was aus der Küche zu holen. Als ich wiederkam, saß Penny seelenruhig auf der Tischplatte und leckte mir die Marmelade vom Brot. Ein anderes Mal kam ich gerade mit der Kaffeetasse in der Hand um die Ecke, da guckte Penny hoch, im Maul ein Brötchen, das doppelt so groß wie ihr Kopf war.

Amy ist ein bisschen ruhiger und hat seit der Kastration einen kleinen Schwabbelbauch. Wenn sie zum Essen angetrabt kommt, wabbelt ihr Schwabbel immer von links nach rechts – das sieht so süß und lustig aus, dass ich jedes Mal lachen muss. Wenn sie zu viel miteinander oder mit mir gespielt haben, fangen sie manchmal an zu hecheln, wie kleine Hunde, die Zunge ausgestreckt, der Mund weit offen. Erstaunlich finde ich, dass sie genau wissen, wie sie von mir bekommen, was sie wollen.

Eine Zeitlang hat Penny immer in den Flur gepinkelt, es gab dann weitere Katzenklos, anderes Futter, Futter an anderen Stellen, einen Tierarztbesuch, mehr Spielzeug, anderes Spielzeug – hat alles nicht geholfen. Jetzt gibt es zusätzlich zum normalen Futter noch Trockenfutter All-you-can-eat und zack – es wird nur noch brav ins Katzenklo gemacht.

Auch der muslimische Prophet Mohammed soll Katzen gerngehabt haben. Es gibt eine Geschichte, da soll eine Katze in seinem Arm geschlafen haben, als es Zeit für das Gebet wurde. Er wollte aber nicht einfach aufstehen, dann hätte er ja die Katze geweckt, also hat er sich lieber seinen Ärmel abgeschnitten, damit die Katze weiterschlafen kann.

Es gibt noch weitere solcher Überlieferungen: Der Prophet soll sein Getränk mit einer vorbeilaufenden Katze geteilt und während eines Feldzuges für eine stillende Mutterkatze sogar seine Soldaten auf eine neue Route geschickt haben. Wer Tiere quält, kommt übrigens auch nicht ins Paradies, wer gut zu ihnen ist, sammelt Bonuspunkte fürs Jenseits. Sogar Seelen haben Tiere im Islam – wer in die Augen von Katze Penny guckt, kann das wirklich nicht bestreiten.

Ob man jetzt religiös ist oder nicht, eine Katze einfach beim Katze-sein zu beobachten hat eine unglaublich entspannende Wirkung. Vermutlich liegt das auf der Spießigkeitsskala ähnlich hoch im Kurs wie Vögel beobachten, aber es wirkt! Und ja, klar, man kann Glück und Seelenfrieden nicht kaufen – aber man kann eine Hand ganz tief in Amys gestreiftem Fell versinken lassen, man kann das Schnurren hören und die Vibrationen spüren – und auf einmal ist alles gut.

Im Oktober

Jedes Jahr im Oktober fangen sie an, sich aufzuregen. Dann posten sie zynische Kommentare auf Social Media und teilen mit mir in jeder Kaffeepause ihre ironisch-sarkastischen Kurzanalysen. Und die Empörung kennt keine Grenzen.

Weihnachtsschokolade im Supermarkt? Das kann doch nicht sein, es ist viel zu früh, was für ein Unsinn. Und dann, dann kommt die tiefe, gut durchdachte Konsumkritik. Diese super schicken, modernen, super aufgeklärten Leute blicken über die Ränder ihrer hippen Brillen auf mich herab: *Ist das etwa Spekulatius in deiner Hand? Das geht ja gar nicht.*

Früher habe ich dann immer ganz verschämt die letzten Marzipanreste aus meinem Mundwinkel geschleckt. Ich hab die Spekulatiuspackung möglichst unauffällig unters Sofa geschoben und habe ganz geknickt mein Rentiergeweih aus Plastik wieder abgesetzt.

Aber damit ist jetzt Schluss!

Ich kann nichts dafür. Ich bin eine Weihnachtselfe. Ich liebe dieses Fest und alles, was dazugehört. Ich liebe Spekulatius und Dominosteine und Marzipankartoffeln. Ich kann das gar nicht abwarten, meine Fenster mit Lichterketten zu schmücken, die super-duper-Stoppersocken mit Bommeln und Schneeflocken anzuziehen und zu »Last

Christmas« eine Runde durchs Wohnzimmer zu tanzen. Ich backe gern Plätzchen, bastel Adventskalender und Grußkarten – denn die Adventszeit, die ist wunderbar! Leuchtend und duftend und voller Gemütlichkeit.

Und weil diese Zeit so schön ist, freue ich mich jedes Jahr, wenn ich das erste Mal Glitzer und Flitter in den Geschäften entdecke. Wenn ich das erste Mal duftenden Gewürzspekulatius in Milch tauchen kann, wenn ich das erste Mal beim Radfahren meinen Atem sehe. Ja, auch wenn erst Oktober ist. Und ich zwinge ja niemanden zu einem Glas Punsch, also lasst mich doch mit eurer konsumkritischen Besserwisserei! Ich finde ja, wir brauchen jetzt ein bisschen Magie.

Einmal tief durchatmen bitte, einmal den Laptop zuklappen und die Nase aus dem Homeoffice-Fenster halten. Da! Riecht ihr das? Luft und Liebe und Feenstaub? Es ist verdammt nochmal gerade die allerallerschönste Zeit des Jahres!

Was wir brauchen, ist eine große Tasse Kakao mit Zimt, dann setzen wir uns alle vor den Tannenbaum auf den Teppich, gucken Drei Nüsse für Aschenbrödel, tunken den Spekulatius ganz tief in die Hafermilch, schenken uns ein Lächeln und sonst nichts. Wer nicht mitmachen will, muss nicht. Aber in zwei Monaten treffen wir uns dann alle zusammen am Glühweinstand – abgemacht?

Endlich Advent

Ach wie ich das liebe. Endlich, ENDLICH! die erste Kerze anzünden. Ich bin schon seit Anfang November in den Startlöchern. Adventskalender sind gebastelt, die Lichterkette hängt am Balkongeländer, die Leucht-Sterne hängen in den Fenstern, das Weihnachtsdorf samt kleinem Wald aus Holz und Porzellan hat die Kommode besetzt, die Stoff-Tannen – von der Schwiegermutter selbst genäht! – stehen neben den Topfpflanzen, Spekulatius ist gekauft, die Weihnachtspullis, -socken und -hemden sind von hinten nach vorne in den Schrank gewandert und gestern kam tatsächlich ein Päckchen von meiner Cousine an: darin die erste Rutsche selbst gebackener Plätzchen. Und dann war endlich der Adventskranz dran. Wie das duftet! Dieses frische Tannengrün!

Ui, du hast ja schon dekoriert, sagte eine gute Freundin neulich beim Besuch zu mir. Schon? Meinetwegen könnte es noch früher losgehen und noch länger dauern! Was für eine schöne Tradition, es sich drinnen gemütlich zu machen, sobald es draußen ungemütlich wird! Was für ein schönes Ritual, jede Woche eine neue Kerze, ein neues Innehalten, ein neues Zur-Ruhe-Kommen, ein neues Nachdenken darüber, was wirklich, also wirklich, wirklich wichtig ist.

Aber, oh je – was genau war das nochmal? Irgendwas auf der To-do-Liste? Die Deadline für den nächsten Beitrag ist fällig, ich muss ganz, ganz dringend Wäsche waschen, das Finanzamt will was, Katzen füttern und zum Tierarzt bringen, Brot ist alle und, oh Gott, dieser Wäscheberg – ich darf da echt nicht hinsehen. Vorsorge bei meiner Zahnärztin ist fällig, huch, war heute echt der Interview-Termin? Oh Gott, ich glaub, ich hab keine sauberen Socken. Abrechnungen schreiben, Manuskript fertig formulieren, Drehmaterial sichten, DHL steht vor der Tür, E-Mails beantworten und irgendwann wirklich Wäsche waschen, es ist so kalt draußen, ich sollte was spenden, das nächste Meeting nicht vergessen.

So viel Alltag und so wenig Innehalten – da kann ich eine Kerze, ein Licht als Erinnerung gut gebrauchen. Ein bisschen Leuchten in den Fenstern für ein bisschen mehr Magie beim Nachhauseweg durch kalten Wind. Ein bisschen Zimtgeschmack auf der Zunge gegen Winterblues und dieses komische Ziehen im Herzen. Ich finde, das Verrückteste am Advent ist, wie viel Mächtiges in diesen Kleinigkeiten steckt. Ich brauche nur ein bisschen Tannengrün und eine Kerze, und wenn ich die dann anzünde, habe ich sofort ein Gefühl von Verbundenheit. *Du bist nicht allein*, wispert diese winzig kleine Flamme, *du bist nicht allein, etwas Großartiges wird kommen, denn etwas Großartiges verbindet uns alle* – das vergessen wir so leicht, eingepfercht zwischen großen Wäschebergen und meterdicken Deadlines, getrieben von Die-anderen-sind-besser-Gedanken und Sich-alleine-fühlen. Aber, hey, du bist nicht allein. Egal, wer du bist, egal, was du glaubst, egal, was du brauchst. Mach mal ne Kerze an – und schon haben wir was gemeinsam.

Liebe, Harry

Liebe, Harry, Liebe.

Wer kennt dieses Zitat vom Zauberer Dumbledore? Bei mir im Freundeskreis ist das eine Art Redewendung geworden. Dumbledore will in der Geschichte dem jungen Harry Potter klarmachen, welcher der mächtigste Zauber von allen ist. Nicht der Todesfluch, nicht der Folterfluch, keine trickreichen Tränke, der mächtigste Zauber von allen ist: Liebe. *Liebe, Harry, Liebe.*

Natürlich benutzen wir das Zitat ein bisschen ironisch, schließlich sind wir coole, moderne junge Menschen und denken, wir hätten sowieso verstanden, wie die Welt funktioniert. Wenn der Laptop die Hausarbeit gefressen hat und ich anfange, ihn anzuschreien: *Liebe, Harry, Liebe!* Wenn die blöde Zicke mir das letzte Käsebrötchen in der Cafeteria wegschnappt: *Liebe, Harry, Liebe!* Wie zur Hölle soll ich mich gegen den gemeinen Kollegen behaupten? *Liebe, Harry, Liebe!*

Aber hinter dieser ironischen Fassade steckt nichts als Sehnsucht. Mein elfjähriges Ich klopft an die Wände meines Herzens und erinnert mich stetig daran, was wirklich wichtig ist. Und wir wollen daran glauben, dass alles Böse dieser Welt nicht ankommt gegen die leuchtendste und friedlichste Waffe der Welt: *Liebe, Harry, Liebe!*

Manchmal stelle ich mir heimlich vor, wie die Liebe alle Konflikte erstickt. Vielleicht arbeitet die Bundeswehr gerade heimlich daran. Vielleicht wird in diesem Moment in geheimen Trainingslagern in Brandenburg die neue Spezialeinheit ausgebildet: die Streichel-Einheit. Das neue Deeskalations- und Befriedungskommando. Sie haben keine Schäferhunde dabei, sondern Hühner und Welpen, die in den nächsten Friedensverhandlungen auf den Schößen der Konfliktparteien sitzen werden. Wie kann man keinen Kompromiss finden, wenn alle versonnen ein Huhn oder einen jungen Hund streicheln?

Es gibt Untersuchungen, die zeigen, dass die Stimmung im Büro sich verbessert, allein durch die Anwesenheit eines Babys oder eines Haustiers.

Die Streichel-Einheit hat keine G36-Gewehre dabei, sondern Rucksäcke mit belegten Broten, schließlich hat man satt einen viel klareren Kopf als hungrig. Statt Splitter- oder Handgranaten werden nur noch Redebälle durch die Gegend geworfen, sodass jeder sagen kann, was ihm auf dem Herzen liegt. Und ausreden lassen ist oberste Pflicht, sodass sich am Ende auch wirklich jeder gehört fühlt. In den Kasernen der Streichel-Einheit gibt es keine demütigenden Aufnahmerituale, es gibt Snoozle-Räume, in denen gekuschelt werden darf, um das Oxytocin-Level, das Level des Bindungshormons, hochzuhalten. Vor jedem Einsatz wird an Lavendel und neugeborenen Babys geschnuppert. Drohnen werfen keine Bomben, sondern nur noch Bonbons und Medikamente ab. Die Streichel-Einheit stürzt nichts ein, sie baut nur noch auf.

Ich muss fest daran glauben, dass naive Utopien in vielen klugen Köpfen sich irgendwann zur Wirklichkeit formen. Deswegen sage ich: *Liebe, Harry, Liebe*.

Bei lektora erschienen

Sebastian 23 (Hg.)

Fix & Feddich

Das Ruhrgebiet hat seine eigene Stimme und Sprache. Vielleicht ist das der Grund, warum Poetry Slams ausgerechnet hier so viele einzigartige Künstler*innen hervorgebracht haben. Legen wir also den Finger an den Puls des Strukturwandels und hören einer neuen Generation von Autor*innen zu, die Steinkohle und Stahl durch Stift und Papier ersetzt haben.

Herne, Gespräch zwischen zwei Männern an der Trinkbude.

»Zu viel denken ist immer scheiße.«
»Hmm.«
»Ich sach ja immer – erst machen, dann denken.«
»Hmm.«
»Es heißt ja nachdenken.«
»Hmm.«
»Und nach ist meist immer zu spät.«
Ich glaube, ich habe grad Immanuel Kant getroffen.

(Patrick Salmen)

Mit Texten von: Jan Philipp Zymny, Sandra Da Vina, Rebecca Heims, Miedya Mahmod, Tobi Katze, Jason Bartsch, Leonie Warnke, Micha-El Goehre, Theresa Hahl u. v. m.

ISBN 978-3-95461-146-1
14,90 Euro

www.lektora.de

Bei Lektora erschienen

Victoria Helene Bergemann

Auf dem schönen Auge blind

»Und dann sag mir, ist das nicht schön? Und gibt es eine Brille für dein schönes Auge, denn wenn du nicht mehr brennst, wofür lebst du dann? Du kannst nicht alles werden, schon gar nicht so einfach glücklich, aber wenn du gar nichts tust, wirst du auch nicht das werden, was du werden kannst. Denn egal, wer, wofür und wogegen wir sind – sei doch, wie du willst, nur nicht auf dem schönen Auge blind.«

»Wenn Victoria die Wirklichkeit beschreibt, dann geht die Realität auf ihr Zimmer und schmollt, weil sie auch gern so wäre.« (Mona Harry)

»Ausdrückliche Warnung! Victoria Helene Bergemanns Texte sind heimtückische Täuschungen. Getarnt als unglaublich unterhaltsame Bühnenstücke, Nonsenserzählungen und humorvoll tröstliche Ironiefeuerwerke der Überspitzung erschleichen sie sich deine Aufmerksamkeit. Aber noch ehe du dich vor Lachen wieder beruhigen kannst, hat dich bereits eine tiefe Wahrheit mitten ins Herz getroffen oder ein Satz in all seiner Schönheit deine Seele berührt und aus deinen Lachtränen echte gemacht. Da verschlingt man nichtsahnend eine Slam-Poetry-Anthologie und konsumiert dabei aus Versehen große Literatur.« (Fee)

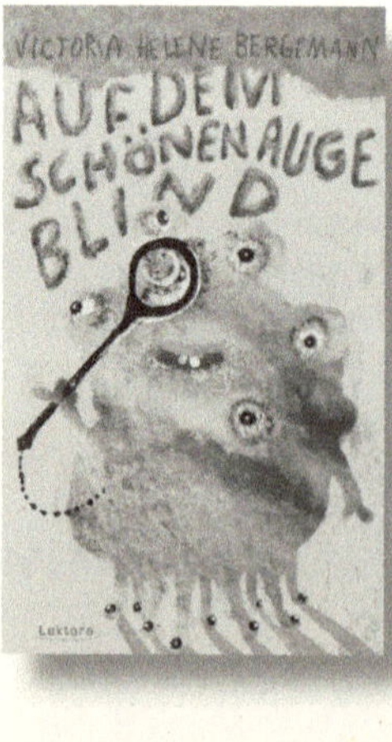

ISBN 978-3-95461-194-2
13,90 Euro

www.lektora.de

Bei Lektora erschienen

Malte Küppers

Wenn zwei sich streiten, kommt ein Dritter dazu

Konflikte begegnen uns an allen Ecken und Enden unseres Lebens. Mal ist es ein Streit mit der Familie, weil ihr euch mittlerweile vegetarisch ernährt, der nörgelnde alte Mensch im öffentlichen Nahverkehr, weil nichts pünktlich zu sein scheint, oder es ist die Diskussion über aktuelle politische Entwicklungen, wenn keiner zu verstehen scheint, was Digitalisierung eigentlich bedeutet.

Wenn ihr euch einen Ratgeber erhofft, wie ihr diese Konflikte lösen könnt ... dann seid ihr hier vermutlich falsch. Wenn ihr allerdings gerne über die ein oder andere Auseinandersetzung lachen wollt, ein paar Denkanstöße benötigt oder gerne aus der Ferne beobachtet, wie Menschen sich in die Haare kriegen, dann dürfte dieses Buch genau richtig für euch sein!

»Es ist geradezu so, als könnte man ihn beim Lesen seiner Texte sagen hören: ›Hey! Nimm dich doch ernst (du Idiot)!‹ Und das ist doch wirklich ein besonders schöner Moment – wenn man sich durch das Lesen von Texten seiner Selbst bewusst wird.«
(Jean-Philippe Kindler)

ISBN 978-3-95461-196-6
13,90 Euro

www.lektora.de